Sobre amor e estrelas

(e muita intensidade)

ARIANE FREITAS,
LEO OLIVEIRA
E SOFIA SOTER

Sobre amor e estrelas

(e muita intensidade)

Rocco

Copyright © 2021 by Ariane Freitas, Leo Oliveira e Sofia Soter

Design de capa: Renata Vidal
Imagens de capa: Rawpixel / Freepik (coração em textura de glitter); Annie Sauvage (contorno em coração de estrelas); ZiziMarket / Creative Market (signos); MixPixBox + Felix Mittermeier / pxhere + Opia Designs / Creative Market + Qilli / Creative Market (fundo estrelado)

Direitos desta edição reservados à
EDITORA ROCCO LTDA.
Rua Evaristo da Veiga, 65 – 11º andar
Passeio Corporate – Torre 1
20031-040 – Rio de Janeiro, RJ
Tel.: (21) 3525-2000 – Fax: (21) 3525-2001
rocco@rocco.com.br
www.rocco.com.br

Printed in Brazil/Impresso no Brasil

Preparação de originais
THAIS LIMA

CIP-Brasil. Catalogação na publicação.
Sindicato Nacional dos Editores de Livros, RJ.

F936s Freitas, Ariane
Sobre amor e estrelas (e muita intensidade) / Ariane Freitas, Leo Oliveira, Sofia Soter. – 1ª ed. – Rio de Janeiro: Rocco, 2021.
(Sobre amor e estrelas; 2)

ISBN 978-65-5532-104-3
ISBN 978-65-5595-068-7 (e-book)

1. Ficção brasileira. I. Oliveira, Leo. II. Soter, Sofia. III. Título. IV. Série.

21-70040 CDD-869.3
CDU-82-3(81)

Camila Donis Hartmann – Bibliotecária – CRB-7/6472

O texto deste livro obedece às normas do
Acordo Ortográfico da Língua Portuguesa.

SUMÁRIO

Vinte & uns
por Ariane Freitas
7

Uma galáxia inteira além daqui
por Leo Oliveira
67

Só dá pra saber se acontecer
por Sofia Soter
141

Vinte e uns

Por Ariane Freitas

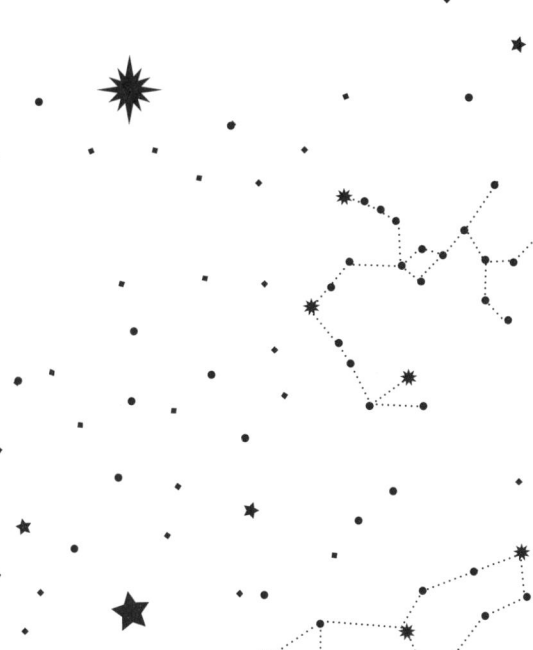

1

Sábado

—Você só tem que arrumar um homem de verdade, guria — ele me diz enquanto come o último pedaço da casquinha do sorvete e segue a fila.

"O que você quer dizer com isso?", penso, raspando a minha casquinha com uma pequena pá de madeira, numa tentativa frustrada de não me lambuzar. E ele aparentemente lê isso em meus olhos.

— Não é fácil, mas é tudo que você precisa — continua.

O que é um "homem de verdade"? Mais: por que *preciso* "arrumar um homem"? E se eu não quiser? Uma revolta cresce em meu estômago, talvez porque, no fundo, eu saiba que o ideal é encerrar essa conversa péssima. Ele só está tentando me provocar, puxar assunto. Deve achar que é engraçado. Minha mente até cogita rebater, mas apenas me calo, digerindo o sorvete e a indignação.

Por sorte, o caixa fica livre e chega a nossa vez de pagar a conta.

Fora do restaurante cai uma chuva torrencial. Pelo vidro coberto de letras espelhadas, consigo ver os guarda-chuvas se esbarrando enquanto seres apáticos correm nas calçadas estreitas da cidade, todos atrasados para sabe-se lá o quê. Sempre achei engraçado como lugares distantes do Centro reproduzem-no tão bem. Especialmente porque estamos razoavelmente longe da São Paulo que tanto amo e, ainda assim, consigo enxergá-la nestes detalhes: o temporal que para o trânsito e os universitários apressados em pleno sábado à tarde, com seus fones de ouvido, alheios ao restante do mundo.

Será que estamos destinados a nos encontrar sempre em dias chuvosos? Todas as vezes que tentamos interagir, a chuva aparece para nos fazer companhia.

Ouço a moça do caixa agradecer após o som de "aprovado" na maquininha do cartão de débito e olho para a porta, onde ele me espera, já de capuz, pronto para a partida.

— Obrigada, tenha um bom dia — respondo e sigo até meu companheiro de almoço, sem guarda-chuva, abraçando minha mochila para protegê-la, ciente de que é à prova d'água.

Corremos, ensopados, para o Anfiteatro da Universidade e encontramos rapidamente bons lugares para sentar no auditório ainda vazio. Ele escolhe um canto escondido, silencioso e com uma boa visão do palco. Deixo a mochila sob seus cuidados, debaixo do banco, penduro a câmera no pescoço e guardo as objetivas nos bolsos internos da parca, me sentindo como uma exploradora de desenho animado. Vou para a primeira fila estudar os melhores ângulos antes de a palestra começar. Não quero perder nenhum clique. Sentado num banco no extremo oposto da fileira vizinha, outro fotógrafo cochila — a cabeça tombada para trás e a boca aberta — enquanto penso em como fazer tudo isso parecer interessante na internet.

Esse é meu trabalho aqui, afinal: emprestar o olhar e fazer com que o trivial chame a atenção. Não devia ser tão difícil, mas a verdade é que, depois de uma manhã inteira de apresentações sobre astronomia, já não me empolgo tanto quanto antes. Ele, no entanto, continua a anotar cada nova palavra em seu bloquinho de repórter clássico, a capa de couro pendurada para trás, o semblante encantado de quem quer absorver o máximo de informação possível para reproduzir tudo depois. Ele é excelente em replicar conhecimento. Num minuto está assistindo a algo, no outro, comenta o assunto como se fosse especialista há anos. Observo de longe, tentando evitar que qualquer um repare no meu olhar fixo. Modéstia à parte, sou boa em me fazer invisível, especialmente por trás das lentes.

Mas anda difícil disfarçar o interesse desde nosso último encontro. Não que antes fosse simples. Vivo hipnotizada por sua expressão solitária — o moletom grafite de capuz e os jeans surrados, os tênis Adidas Hemp antigos, mas sempre impecáveis, os olhos escuros, pequenos e amendoados, herança da ascendência indígena, e sua pele lisa que faz inveja às mais cuidadosas adeptas de rituais de *skincare*, e que ganha ainda mais identidade graças a uma charmosa cicatriz de catapora na bochecha direita e à falha na sobrancelha esquerda, resultado de uma brincadeira de infância e acentuada de propósito com a gilete.

Tiro alguns retratos enquanto revisito cada detalhe daquele rosto: em um deles, posso encontrá-lo entre os alunos e engenheiros da plateia; em outro, o foco em seus olhos atentos às aulas; e ainda uma coleção de imagens de suas mãos tatuadas com flores pretas no estilo *old school,* segurando a caneta sobre as páginas do caderno enquanto desenha planetas e anota as constatações da tarde. Olhando as constelações projetadas no telão, começo a pensar nas condições astrológicas que nos levaram até ali.

Gosto de estudar as posições dos planetas e como interferem nessa confusão aqui da Terra. Não que use sempre como referencial para a minha vida, não tenho embasamento suficiente nem paciência para me aprofundar tanto assim. Mas adoro rir das coincidências. Tá, comecei um curso de astrologia on-line e minha ânsia de entender tudo de uma vez me fez largar na segunda aula. Mas saber que um planeta está retrógrado ou que a Lua está naquela casa complicada... Bom, é divertido. E também me entretém pensar que qualquer um nessa palestra de astronomia iria provavelmente me desprezar por acreditar nisso.

Felizmente, ninguém aqui tem o poder de ler a minha mente, então estou segura enquanto penso no nosso mapa astral. Precisava ser de peixes, Raoni? O Sol ainda está em áries, deve ser por isso que anda tão difícil me comportar. Faz sentido, faz todo sentido. Qual será seu ascendente? Aaaah, não importa. Meu Deus. Aquilo ali é uma supernova?

Não me espanto ao tremer enquanto tiro fotografias das estrelas projetadas na parede refletindo no brilho dos olhos dele: estou apavorada pela possibilidade de me apaixonar. Preciso voltar o foco para o trabalho.

Talvez essa seja apenas mais uma das minhas incontáveis paixões platônicas, começando com a obsessão por alguém em especial e terminando com uma previsível caçada bem mais interessante do que a relação em si. Pode ser só resultado de mais uma crise aguda de carência, porém, impulsivamente, me entrego a esse sentimento. Porque é tudo o que sei fazer.

Já estou sentada no fundo do auditório, vivendo num universo paralelo, quando checo as horas no celular e descubro que faltam menos de cinco minutos para o final da programação. Os alunos tiram suas dúvidas e não há mais o que fotografar. Abro as mensagens e digito rapidamente na janela do meu melhor amigo:

CLARIS
aaaaaaaaa. o que eu faço, Caio?! maldita mania de
viver correndo atrás de problemas :(

Aperto enviar bem a tempo de ouvir os aplausos do público quando a última palestra se encerra.

Esse foi um dia completamente atípico, e Raoni e eu fingimos estar confortáveis com isso. Minha timidez ensaia aparecer quando nossos olhares se cruzam, de ladinho, no caminho até o táxi.

Raramente vamos a um evento juntos: meu lugar é no escritório, respondendo e-mails, editando imagens, criando layouts, tarefas triviais de assistente de arte. Desde antes de trabalharmos um com o outro, eu já era apaixonada pelos textos dele. Sim, ele é um daqueles "caras que escrevem", do tipo mais clichê, que tenta alimentar uma aura de mistério sobre si mesmo. E provavelmente é papo-furado para pegar mulher, mas não resisto. Não tem enigma que eu não me sinta inclinada a resolver pensando naqueles olhos. Apesar de estarmos no mesmo lugar há dois meses, quase não ouvimos nossas vozes além do essencial. Nossa comunicação é toda por escrito. Ou era, até a última quinta-feira, quando acabamos subindo no terraço para fumar e… Bom, tudo mudou. Por isso, a viagem de táxi para casa me deixa um pouco angustiada. Viemos sozinhos para Campinas pela manhã, mas agora voltamos no mesmo carro, lado a lado, por pelo menos uma hora e meia de estrada nesse trânsito pós-temporal.

As vozes da minha cabeça não param. O que fazer? Só não quero parecer uma idiota. Nem fria, nem muito emocionada. Como agir numa boa depois de tudo o que aconteceu?

Sento atrás do motorista e coloco minha mochila no banco do meio, construindo uma barreira entre nós. Talvez um pouco passivo-agressiva, mas só eu sei a dificuldade de manter as minhas mãos longe dele. Ele senta do outro lado e avisa ao motorista que serão duas paradas — uma na Vila Madalena e outra no Centro —, deixando a critério do piloto decidir o caminho.

— A menos que você queira descer comigo lá em casa pra gente tomar um café. O que acha, guria?

2
Déjà-vu

Costumo dizer que estou autorizada a agir como uma adolescente de vez em quando. Não é de propósito, acho que é por falta de bagagem. Aos vinte anos, acumulo prateleiras e mais prateleiras de livros lidos diversas vezes e autores que, na minha imaginação, são meus grandes amigos: Jack Kerouac, Patti Smith, Jonathan Safran Foer, Charles Bukowski. Meus anos de escola foram muito contidos, e vivo as emoções e aventuras da juventude tardia e intensamente desde o início da faculdade. Coleciono histórias que escrevo e guardo para ninguém encontrar, vinis com estilos variados de música — de Madonna a Novos Baianos, passando por Wilco e The Used —, que ouço para relaxar e visitar os lugares dos meus sonhos.

Entre a coleção de cadernos com páginas rabiscadas com meu nome por toda parte — *Clarisse, Clarisse, Clarisse*, uma obsessão caligráfica assustadora — e desenhos esboçados de personagens inspirados em *shoujos*, ficam os obsoletos DVDs de filmes e séries, acumulados no quarto em tons de branco, preto e cinza que qualquer pessoa viciada em painéis de decoração do Pinterest aprovaria. Uma trevosa meio fofa.

Esse sempre foi meu jeito de me aventurar. Criando. Estudando. Assistindo. Se não estou mergulhada em livros ou com os olhos pregados no computador, trabalhando, estou num mundo de fantasia. É mais fácil quando não tenho que lidar com os outros. Não tenho paciência para esperar o tempo de qualquer um. Coisa de ariana, dizem. Gosto da liberdade de desejar, amar e esquecer algo a qualquer momento e, sobretudo, de não precisar compartilhar minhas lágrimas com ninguém. A não ser, talvez, com meu blog — que é lido regularmente por mais ou menos dez pessoas e pela eventual moça desiludida direcionada pelas palavras-chave do Google. Poderia chamá-lo de diário virtual, mas acho que minha imagem já é adolescente o suficiente, então faço de conta que é um bloco de notas, o lugar onde reúno minhas histórias para, um dia, quem sabe, escrever um livro.

A fascinação por livros desde quando era criança é responsável pela minha paixão por escritores. Mais um dos clichês que ainda não fiz questão de abrir mão. Acredito que só quem sabe contar histórias é capaz de compreender meu ímpeto maluco de amar a paz, mas mergulhar sem nem pensar ao sinal de qualquer aventura. Um instinto que nem eu mesma consigo interpretar às vezes.

Apesar dessa impulsividade, não costumo me esforçar muito para sair em grupo. Toda a dinâmica de chamar amigos, encontrar um lugar que atenda às necessidades de todos, separar a roupa ideal, ficar esperando todo mundo chegar… Tudo isso me cansa. Sou imediatista demais para ficar fazendo planos. Gosto de ouvir um "vamos?" e decidir na hora se vou ou não. Ou sair sozinha e encontrar quem estiver no caminho. Ou, melhor ainda, ficar em casa, na minha própria companhia. Talvez eu tenha sido um hobbit em outra vida. Passo horas sentada no quarto tomando café enquanto organizo fotografias que tirei em shows, passeios, aulas, encontros... E descubro novos autores entre blogs e mais blogs, um depois do outro. Esse é meu maior vício. Foi assim que o encontrei.

Com o coração partido numa madrugada insone em que tudo que a gente quer é desaparecer, acabo indo parar num blog todo minimalista, fonte simulando máquina de escrever, nada de imagens e, no título, só uma palavra: "Esconderijo." Leio um, dois, dez textos. Horas depois, percebo que já consumi o conteúdo do início ao fim. Dezenas de histórias do ponto de vista de um autor perturbado pela sua necessidade de amar. Um narrador apaixonado por sua vida solitária em São Paulo, sentindo-se estrangeiro desde sua chegada do interior do Pará, falando abertamente sobre cada milímetro de cada mulher com quem se envolve, desabafando sobre partir corações e deixando conselhos carinhosos para os filhos que ele ainda não tem. Clichês bem escritos, do jeito que eu gosto.

Até zombo um pouco desses tipos que parecem um protagonista de Domingos de Oliveira. Mas existe algo na forma como ele escreve — ou que escolho ler? — que me deixa curiosa a cada palavra. Imagino como seria o rosto do anti-herói por trás daquelas histórias. Na seção "Sobre" nenhuma foto, nada de dados pessoais. Apenas um nome: Raoni Reis. Uma busca simples no Google me leva a uma conta no Twitter, mas é um perfil trancado e sem foto.

Compartilho seu texto mais recente na minha própria conta, seguido de um "Quero me casar com esse blog!", e vou me deitar, dando por encerrado o capítulo "paixão platônica por um desconhecido". Semanas depois, o telefone toca e me chamam para bater papo sobre uma vaga freelancer de assistente de arte, e eu nem imagino que é com ele que vou trabalhar pelos próximos meses.

3

Quinta-feira

Quando toca o primeiro despertador, vejo uma notificação de Caio, que não recebo no melhor humor. Noite passada tivemos uma prova dificílima de semiótica e, ao nos separarmos na estação da Sé, ele simplesmente parou de me responder no WhatsApp. Estava morrendo de medo de reprovar — ainda estou — porque não pretendo ficar nem um segundo além do necessário naquela faculdade. Especialmente agora que minha ex está namorando e sou obrigada a esbarrar com o casalzinho o tempo inteiro.

A resposta de Caio às minhas mensagens da noite passada, nesta manhã, é um desinteressado "você sabe que no fim vai passar, sempre passa". E ele não me dá nem tempo de rebater, manda logo a foto de um par de ingressos para um show hoje à noite.

CAIO
Quer pra você? Ganhei aqui no trabalho, mas não estou com vontade de enfrentar muvuca pra ver isso.

CLARIS
The Black Keys??? É claro que eu quero!

Respondo sem nem pensar, esquecendo completamente do drama da prova e já imaginando se alguém poderia ir comigo. Sim, a minha cabeça passeia por muitos estados de humor num mesmo segundo.

CLARIS
Tem certeza que você não quer ir?

CAIO
Prefiro não. Mas, se você não encontrar companhia nenhuma, podemos ir juntos.

Caio tem gostos mais peculiares do que os meus: sua playlist começa com Angra, passa por bandas inesperadas da Finlândia que nunca ninguém ouviu falar, hits dos anos 1980, covers de músicas pop na versão punk, trilhas de animações Disney e de musicais da Broadway, feminejo, e posso jurar que já me deparei até com ERA. Temos uma veia emo em comum, que nos permite cantar juntos as melhores do My Chemical Romance, principalmente no metrô a caminho de casa, mas todo o resto é uma incógnita — o que é bem divertido sempre que nos reunimos com os amigos e precisamos escolher algo para ouvir.

Desde que o namorado da vez foi morar numa cidade vizinha, ele costuma passar os finais de semana viajando e os dias úteis em longas conversas pelo celular. Por isso, às vezes, demora a me responder. Mas seu *timing* é sempre perfeito, e apesar de ter um temperamento prático, ele é extremamente sentimental e intuitivo. Confio em seus julgamentos de olhos fechados. Foi ele quem me ensinou que minha intuição afiada e minha teimosia vêm do meu ascendente em touro. Aliás, se existe um taurino perfeito, certamente é o Caio. A foto dele deveria ilustrar o horóscopo da Susan Miller.

Levanto da cama, coloco o *The Big Come Up* para tocar e começo a me arrumar para o trabalho, dançando pela casa como quem nunca se preocupou na vida. Hoje verei The Black Keys ao vivo.

A viagem de ônibus até o escritório faz com que o horror da prova volte à minha cabeça, e checar os e-mails antes de preparar um café não ajuda exatamente a melhorar meu humor: terei que fotografar um evento em Campinas no sábado, o dia inteiro. Por mais bem-vinda que seja a diária extra financeiramente, eu estou exausta.

Olho para o maço de cigarros na mesa, cogito uma pausa e me dou conta de que ainda nem comecei a trabalhar. Movo-o para o lado direito do monitor, onde ficam post-its com os prazos malucos do cliente, praticamente uma obra de arte abstrata formada de pequenos retângulos coloridos, e abro o Photoshop para começar as alterações do dia. Fones no ouvido, playlist com o melhor do pop punk dos anos 2000 para me energizar. Sem perceber, duas horas se passam entre e-mails e camadas e camadas de um layout que já voltou para alteração umas dez vezes. Mas pelo menos tá tocando Paramore. Não sei se queria ser a Hayley Williams ou casar com ela. Só sei que amo.

"Cigarro?", a janelinha do chat pisca para mim no mesmo momento em que vejo Raoni se levantar em direção à porta. Não tenho tempo nem de me assustar com o convite inusitado: levanto também, encosto a cadeira na mesa e o acompanho em direção ao terraço. No elevador, nenhuma palavra. O silêncio assustador me faz pensar que uma notícia ruim vem por aí. É só quando ele já está tragando um Lucky, o vento esvoaçando nossos cabelos, e o bairro de Pinheiros inteiro à vista, que me sinto na obrigação de puxar assunto.

— Gosto de estar aqui. Não tem sensação melhor do que gostar de estar num lugar.

Tenho o hábito de iniciar diálogos na minha cabeça que não querem dizer exatamente o que parecem. Às vezes nem sei do que estou falando, as palavras vêm antes dos pensamentos. Mas Raoni parece já conhecer o que se passa no meu mundinho particular, para minha sorte. E se não sabe, finge muito bem.

— É foda *realizar* isso — ele responde, usando um anglicismo no meio da frase, coisa que me irritaria, não fosse ele falando. Das minhas infinitas paixões inusitadas, só o Supla tem licença definitiva para misturar o inglês e o português e continuar charmoso. Mas dessa vez passa.

— Entendo — respondo reticente —, estou superando aquela fase em que até o corpo se opõe à ideia de sair do lugar, na verdade. Não sei se tem muito o que fazer.

— Fazemos o que tem que ser feito, guria. Se é chorar tudo que há aí dentro, que seja. Se é beber até desmaiar, que seja. Se é beijar a guria mais linda que fala contigo, vale também. Se é colar no karaokê e cantar as mais tristes do Péricles, é isso. — O jeito como ele fala isso tudo aparentando a maior seriedade e encerra a frase balançando a cabeça e sorrindo com os olhos me acalma.

— É o que tenho feito. Não é exatamente uma solução, é uma resposta. Que não necessariamente soluciona o problema, mas ainda me parece a melhor resposta — começo a atropelar minhas próprias palavras e faço Raoni rir. Ele gosta de me ver nervosa.

— A vida não tem segredo, guria. É só seguir o fluxo, um dia depois do outro, sem pensar muito.

— Assim não tem mistério mesmo. Mas não sou um robô. A parte em que *sentimos* não interessa na sua solução ou é impressão minha? — respondo dando uma piscadela, sem entender muito bem o porquê de estarmos tendo essa conversa.

— Bem-vinda aos vinte e uns, onde quase nada interessa — conclui ele, e me sinto um pouco desamparada, um pouco apreensiva. Mas também me sinto pronta. Compartilhamos o desprezo pelo mundo, é verdade. Eu só queria entender como é possível amar e detestar tanto uma conversa ao mesmo tempo. Por que é tão difícil lidar com pessoas?

Meus olhos estão fixos no horizonte, e consigo ver a silhueta do Instituto Tomie Ohtake delineando as costas de Raoni, num céu tão azul e cheio de nuvens que parece até a abertura de *Os Simpsons*. Não me incomodaria em passar o dia ali enumerando prédios na brisa de outono.

— Sabe, guria, esse ano foi foda — diz ele, voltando os olhos escuros repentinamente gigantes para mim.

— De bom, ruim ou difícil? — pergunto. É uma pergunta legítima. Estou tão imersa na paisagem e em como seu perfil reage à luz do sol que não consigo ler o tom do comentário dele.

— Dos três. No quesito coração. Estraguei tudo. Não foi bonito — diz, passeando o indicador pela franja escorrida no rosto e colocando-a atrás da orelha, um gesto tão mecânico e ao mesmo tempo tão sensual que me desconcerta.

Ele sabe que sei do que está falando. Sempre trocamos comentários sobre nossas criações, e seus textos, obviamente, narram uma coleção de romances tórridos. Mas a sensação de ouvi-lo mencionar relacionamentos sobre os quais apenas li é completamente diferente, assim, olhos nos olhos. Ele fala reproduzindo gestos de personagens de séries e filmes que adoro. Temos uma diferença de apenas três anos e, ainda assim, sinto como se ele fosse muito mais velho e experiente.

Desde que nos conhecemos, embora sentemos a cinco metros de distância, por oito horas, de segunda a quinta-feira, nos falamos praticamente só pela internet. Em meio à rotina atribulada no silêncio do escritório, nos divertimos dividindo nossas experiências mais malucas por mensagens. Quando começamos a trabalhar juntos, pouco tempo depois do fim, ele soube de detalhes do meu término que nem meus amigos mais próximos ouviram.

E esse abismo entre o nosso relacionamento virtual — cheio de divagações, desabafos, playlists — e o relacionamento na empresa — inexistente, já que pessoalmente falamos apenas sobre o trabalho, como se tivéssemos acabado de ser apresentados e ele fosse um homem muito importante para perder tempo com amenidades; me faz pensar que existe a vida que a gente vive e a vida que a gente conta. A primeira: cinza, desalinhada, banhada em lágrimas salgadas que ressecam a pele. Muitas vezes limitada a um quartinho escuro, solitária, exaustiva. A outra: colorida, centrada, ensolarada e cheia de sorrisos amarelos. Nela, o mundo não é suficiente, os amigos são sempre muitos. A vida que a gente conta nos consome tanto quanto a que vivemos, se parar para pensar. E nenhuma das duas faz sentido.

Raoni também conhece um pouco das minhas duas vidas. Cada manhã de segunda-feira é agitada no chat com atualizações do final de semana: as bebedeiras, os vexames, as bocas beijadas, as recaídas pensando em relacionamentos anteriores. O fator "proibido" também nos interessa. Ele flerta comigo, flerto de volta. Sabemos que existe uma política contra relacionamentos entre funcionários, então fingimos que não é nada de mais. Talvez não seja mesmo. Mas ele adora fazer comentários sarcásticos, encenando desinteresse, enquanto se mostra cada vez mais imerso nas minhas histórias. E isso me faz idealizar ainda mais uma proximidade off-line. Só há um contratempo: sempre tem alguém com a gente nesse escritório. No almoço. Nas reuniões. E, assim, ele segue mantendo a aparência distante, calado e perdido no próprio universo.

Alcanço o maço amassado no bolso traseiro da calça e ele rapidamente levanta o Zippo, acende nosso segundo cigarro e me olha nos olhos enquanto traga profundamente, sem dizer nada, apenas soprando a fumaça sobre a cidade. Estou imaginando coisas? Lendo entrelinhas que não existem? E se ele não quiser nada além de companhia para fumar? Para de ser doida, Clarisse. O cara não está nem aí para você. Somos infinitamente distantes em tantos aspectos. Na minha imaginação, ele é desapegado demais, culto demais, inacessível demais. Lembro quando Caio disse que o tipo "caladões que desprezam o mundo" é meu carma. Deve ser mesmo.

Queria saber que diabos é isto que me amarra a garganta e o cérebro quando estamos juntos. Que me faz querer dizer tanto e não conseguir falar nada. Procuro o celular discretamente para olhar o relógio e percebo que deixei o aparelho na mesa do escritório. A essa altura, já estamos terminando.

— Todos os textos bobinhos que publiquei tiveram um preço muito alto — continua ele, falando pausadamente entre uma tragada e outra. — Não que me arrependa, mas foi arriscado demais.

— Viver sempre é arriscado demais. Que graça teria se não fosse? — respondo sorrindo e apagando a bituca na sola do sapato, depois jogando-a no cinzeiro. Penso em chamá-lo para ir ao show comigo, mas não tem o menor cabimento. Ainda mais depois de uma conversa dessas. Caminho em direção à porta, certa de que ele nunca mais vai me chamar para um cigarro na vida. — Vamos descer? Paramos lado a lado no elevador, nossas mãos esbarram de leve uma na outra enquanto os andares diminuem. O silêncio volta e consome cada milímetro que não ocupamos, deixando uma tensão palpável no ar. Então sinto o dedinho dele passear propositalmente pelas costas da minha mão, uma carícia secreta. Minhas bochechas esquentam como se fosse uma criança. Queria apertar o botão do terraço e viver esses minutos de novo. Se essa história se tornar romance, será pelo não dito. O dito é vago, não faz sentido. O não dito fica. Cada olhar prolongado ou sorriso confuso registram uma linha. Cada segundo entre nossas falas requer de mim, uma tagarela confessa, um esforço muito grande para não revelar intenções. Está tudo no não dito, toda a história de amor que jamais viveremos.

Chegamos ao nosso andar. O resto do dia passa sem que eu nem sinta e, num piscar de olhos, já estou em casa tomando banho para sair.

A porta da casa de shows está lotada. Mesmo adiantada, murcho ao ver o tamanho da fila. Não tenho nenhuma paciência para passar esse perrengue sozinha na garoa hoje. Enquanto calculo se devo mesmo arriscar um resfriado, vejo alguém acenando de longe.

— Claris... — Primeiro o som é distante e um pouco difícil de confiar. Será que estou imaginando? — CLARIS! VEM PRA CÁ! Agora, definitivamente, sei que é comigo. Continuo andando em direção ao aceno e encontro, metros à frente, um risonho e receptivo rapaz de, no máximo, um metro e meio, cabelos milimetricamente desarrumados, lápis marrom delineando discretamente os olhos e um perfume tão cítrico que causa certo desconforto quando ele me abraça com entusiasmo. Sinto um pouco de culpa por não tê-lo reconhecido a distância. Bruno trabalha na assessoria de imprensa da produtora do show e, depois de duas palavras trocadas na porta, estamos os dois lá dentro, sem fila e complicações.

— Por que não se credenciou, mulher!? Não sabia que você viria! — pergunta ele, como se fôssemos íntimos. O pequeno tem uma habilidade de comunicação realmente invejável.

— Não tenho fotografado muitos shows ultimamente. Tô freelando fixo numa agência e, entre isso e a faculdade, não me sobra muito tempo. Na verdade, eu nem vinha, mas o Caio ganhou os ingressos e...

Ao ouvir o nome do Caio, o rosto de Bruno se ilumina. Ele me interrompe na hora e, com os olhos brilhando, pergunta:

— Ele vem?

Caio tem esse efeito inexplicável entre os caras. Acho que é uma mistura de elementos. Ele tem a altura de um super-herói de filme (não é exagero, ele adora se gabar: um metro e oitenta e nove; se você disser qualquer centímetro a menos, a ofensa é levada para o lado pessoal) e um jeito meio inacessível que, à primeira vista, pode fazê-lo parecer blasé, mas na verdade é só um desinteresse sincero pelas coisas mundanas. Pelo menos as do nosso mundo, né. Porque se você resolver falar em Azeroth ou na Terra Média, ele acorda rapidinho. A verdade é que Caio vive em outro plano astral, e todo mundo ama isso.

— Ele me deu um bolo de última hora por conta do trabalho.

— Poxa, que pena. Aproveita, então. E diz pra ele que me deve um café. — Alguma voz faz contato pelo rádio, porque ele emenda uma risadinha com a despedida. — Claris, preciso buscar uma repórter perdida na porta! Se não nos encontrarmos mais, bom show!

Respondo balançando a cabeça e agradecendo por ter sido salva da garoa. A casa de shows ainda está vazia, por isso a fila enorme lá fora. Encaro o bar à direita do palco e decido que é um bom momento para comprar uma cerveja e me posicionar lá na frente. Estou curiosamente empolgada. Gosto de verdade da banda e, por um instante, me pergunto por que ignorei a notícia de que estariam em São Paulo, tão perto de casa.

Finalmente as pessoas começam a preencher os espaços e tudo parece diminuir de tamanho aos poucos. Estou elétrica, não consigo parar de me mexer pra lá e pra cá. Será que esse batom escuro não foi um pouco demais? Será que a chuva vai apertar e não deveria ter vindo de Vans? Hoje minha franja não parece estar muito de bem com a vida.

Ninguém se importa, Clarisse.

Troco olhares com um rapaz que me encara do outro lado do galpão, um pouco aborrecida, um pouco lisonjeada. O cabeludo magrelo tem lábios mais carnudos que os meus, tão brilhantes que tenho a sensação de que passou gloss. Ensaiamos uma aproximação, sorrimos um para o outro e seus fios longos, pretos e brilhantes escorrem sobre os olhos. Cogito chegar mais perto. Prefiro não levar a ideia adiante, porque meu posicionamento é estratégico: colada na grade, perto do bar e longe dos banheiros. Com uma rota de fuga estratégica para sair mais cedo e evitar a bagunça de todo fim de show.

Puxo o celular do bolso interno da jaqueta preta e olho o reflexo na câmera frontal. Está ótimo. Sem modéstia, meu delineado está perfeito hoje. Sempre está, na verdade. É uma das poucas coisas que faço num piscar de olhos. E é à prova d'água, ok? Nem a chuva da fila derrubaria meu look. São quase oito da noite, a banda de abertura já está preparada para sair do palco e até agora não faço ideia de quem são. Mas também não faço questão. Dou uma olhada no Twitter e no Instagram, nada de novo. Mando uma foto do guitarrista gatinho para o Caio e guardo o telefone.

As luzes se apagam. Todo mundo começa a gritar e algumas notas isoladas soam no palco. Os assobios não param. O frio na barriga e a iluminação vão aumentando juntos, devagarinho. Dan Auerbach e Patrick Carney estão ali, em carne, osso e expectativas. É real. Tive forças para sair de casa e estou sendo premiada com esse que é, segundo o Instituto Data Clarisse, o melhor sentimento do mundo: a antecipação diante de um grande evento vivido pela primeira vez.

Quando começam a tocar, já tomei algumas cervejas e socializei com o casal que escolheu ser meu vizinho de grade, Camila e Danilo, pelo menos o suficiente para que me ofereçam uma distância confortável (porque não está assim tão cheio, afinal, nessa noite úmida de quinta-feira) e guardem o lugar enquanto busco bebida para nós três. Nos primeiros acordes de "I Got Mine", percebo que não estou com vontade de assistir ao show colada ali na frente, porque mesmo que a casa não esteja cheia, o empurra-empurra de corpos me incomoda um pouco. Normalmente essa catarse é minha parte favorita, mas não consigo entrar em sintonia com as outras pessoas hoje. Parece que tudo toca muito mais alto dentro de mim.

Canto "Gold On The Ceiling" junto com os amigos desconhecidos — Camila está sorrindo, colando o nariz no meu e me olhando nos olhos, o que deixa evidente o quanto ela é linda. Meu coração acelera um pouco. Danilo é um cara de sorte. Ela pega minhas mãos e puxa para dançar junto, e quando já começamos a suar, ele entra no meio do nosso abraço, colando a minha cabeça à dela. A situação me deixa desconfortável. Tem sorte, mas é meio babaca. Decido buscar uma água, uma boa desculpa para sair dali e não voltar mais. Dan e Patrick tocam "Fever" no momento em que deixo os dois se beijando no meio da multidão.

Estou na fila do bar publicando uma foto no Instagram quando escuto vozes conhecidas e sinto um frio percorrer a minha espinha. Por um segundo, repito para mim que é só imaginação. Levanto discretamente os olhos e, quatro cabeças à frente, encostada no balcão, está Anna, minha ex, com sua nova namorada, gargalhando como se não houvesse nada mais ao redor. As duas trocam beijinhos enquanto cantam "The Only One" uma para a outra.

Ela e a garota com quem me traiu.

Com a boca seca e o estômago congelado pela ansiedade, só quero conseguir sair dali. Sem ser vista, é claro. Por dentro, tudo acontece ao mesmo tempo, me deixando confusa. Saio topando com as pessoas e, de repente, me pego revivendo pesadelos repetidamente no meio do show. Quero parar, mas não quero ficar. Por que saí de casa?

Agora estou na multidão e não encontro um lugar. Nesse transe maluco, tudo vira barulho. Os sons das vozes e guitarras se misturam às luzes e me atordoam enquanto tento me manter em pé. O coração está saindo pela boca. Quando me vejo bem longe do bar, do palco, da multidão e de Anna, finalmente consigo respirar de novo.

Assistir ao show de trás da plateia é bem mais confortável e meu peito começa a desacelerar. Ouço a música de olhos fechados, sem ninguém esbarrando. O som está perfeito de novo. "Dance all night / Cause people they don't wanna be lonely / never want to be lonely", balanço no ar, a guitarra sintonizada com a minha mente.

Essa paz não dura muito. Não consigo controlar os pensamentos — às vezes, só preciso despejá-los em alguém, e a vítima da vez é Caio. Estou convencida de que ele sabe que Anna está aqui. Que fez isso de propósito. Decido mandar um áudio questionando e nem tenho tempo de abrir o aplicativo quando começa "I'll Be Your Man". Me transformo ao ouvir os acordes iniciais.

Dou pulinhos como uma criança recebendo o brinquedo que pediu no Natal e caminho alguns passos para a frente. É minha música favorita deles, e é muito raro tocarem num show. Não tinha nem esperança de ver essa performance ao vivo. Tem uma lágrima escorrendo solitária no meu rosto.

Sinto uma mão quente nos ombros.

— Oi, guria.

— Não acredito que você está aqui! — falo, realmente surpresa pelo encontro. Cantamos juntos. Olho para o lado algumas vezes, ainda descrente da companhia.

Raoni grita perto do meu ouvido:

— Você passou por mim e pelos meus amigos há pouco, mas não me ouviu chamar. Tava em transe?

— Estava curtindo demais — respondo, tentando fingir naturalidade e manter distância como quem não sabe se tem intimidade suficiente pra chegar mais perto.

Diferente de mim, ele não tem receio nenhum de se aproximar cada vez mais, e dessa vez posso sentir o ar quente da sua respiração ao falar no meu ouvido.

— Pois é. Lembrei de ti na hora.

Estremeço no meio de toda a bagunça — do show e da minha cabeça. Discutimos muito "I'll Be Your Man" um tempo atrás. Foi a primeira música que ele me mandou, ainda sem saber que era minha favorita. Curiosamente, a faixa estava na playlist mais ouvida dos dois.

E então ele me abraça de lado. Primeiro, coloca a mão nos meus ombros, cantando junto. Depois, desce até a minha cintura. Me puxa para perto e me vira, olhos nos olhos. Pronto, a deliciosa antecipação estremecendo meu corpo mais uma vez nessa noite.

O Raoni me beija. E é bom.

No fundo toca "Your Touch" e nada mais existe, só nós dois... E a banda. Tem algo no conforto de caber exatamente dentro do abraço dele que não sou capaz de explicar. Com Anna era o contrário — pequena que só, ela se encaixava direitinho no espaço entre meu peito e meus braços enormes. "Consigo ouvir seu coração", dizia ela quando prolongávamos um abraço quentinho. Não sei por que essas memórias me invadem. Beijei tantas bocas sem pensar nisso, por que me incomodar justamente no meio do abraço perfeito? Não gosto nem um pouco da memória, então abro os olhos e encaro Raoni, lindo, sorrindo para mim. Deixo de lado qualquer resquício de memória da vida antes desse momento.

Colo a boca dele na minha de novo. O beijo tem gosto de cerveja e cigarro de menta. Ou seria chiclete de menta e cigarro? Não importa. Poderia ser horrível, mas não é. Só queria ser capaz de gravar esse momento para sempre, em detalhes. Por que as melhores coisas que sentimos não podem ser registradas numa foto? A arte muitas vezes faz esse trabalho por nós, mas e se não for suficiente? Meu corpo pede: "Avisa, avisa que está sentindo isso! Que é bom! Que você não quer parar!" Me perco tentando encontrar a palavra ou o gesto certo, o momento passa sem que tenha conseguido me mostrar de verdade e se eterniza na minha mente como uma melancolia indescritível, pronta para invadir meus pensamentos em situações inesperadas no futuro. Algo que não sei como contornar.

Posso facilmente me livrar de objetos, músicas, fotografias. De lugares, até. Mas não dá para controlar as lembranças. Algumas delas ficam ali eternamente — começam doces, eventualmente viram dor e, quando menos espero, são só uma nova pintura opaca nas paredes da minha memória. Uma música baixinha ecoando em vão. Cenas de um filme que provavelmente não termina bem.

Continuamos curtindo o show nessa sintonia maluca até notarmos que está próximo do fim. Ele volta a me falar no ouvido:

— Bora sair pra tomar uma cerveja?

Não quero que esse momento perca o brilho como tantos outros, então seguimos de mãos dadas em direção à saída.

Falta pouco para a meia-noite e caminhar até a Praça da Liberdade na garoa em busca de um táxi parece uma boa ideia. Os jovens que queimaram a largada estão sentados nas calçadas, ou aglomerados na fila da van do dogão da madrugada. Cogitamos comer, mas nenhum dos dois tem ânimo para ficar ali em pé na bagunça. Seguimos, atentos a todo movimento ao redor, como qualquer pessoa a pé à noite no Centro de São Paulo.

— Você estava tão perdida lá dentro, guria — ele puxa assunto, me trazendo de volta à realidade.

— Estava esperando você aparecer — disfarço em tom de flerte.

— Haha. Xavequeira. Tô falando sério.

— Encontrei a Anna quando fui apanhar uma cerveja. Com a namorada dela, sabe.

Ele faz cara de surpreso. Minha vida é uma piada mesmo, né. Acabei de beijar o único cara com quem costumo falar sobre a minha ex.

— Eita! O que rolou? Ela te viu?

— Não sei. Não olhei mais naquela direção. Você garantiu que não seria difícil. — Rimos e mudamos o rumo da conversa.

Ele se lembra de não ter avisado os amigos sobre ir embora. Enquanto envia uma mensagem no celular, emenda uma história de quando foi deixado para trás numa viagem. Aparentemente, todos estão tão acostumados com suas escapadas que acharam que ele tinha ido embora sozinho.

Sinto que somos cúmplices, fugindo da aglomeração de um final de show debaixo da chuva. Ele me toca, sorri, fala em voz alta, e é tudo muito, muito estranho e familiar ao mesmo tempo. Não parecemos os mesmos que dividiram cigarros pela primeira vez horas atrás. Nada de diálogos vagos, charadas. Começo a me sentir desconfiada. Atraída e desconfiada. Ele nunca esteve assim, tão tagarela ou sorridente. Nunca me olhou desse jeito tão íntimo e tranquilo, como se fôssemos amigos de longa data. Onde foi parar o mistério? Não é fácil confiar em alguém que ora me dá toda atenção do mundo, ora parece ter medo de estar no mesmo ambiente que eu.

Sei que não conseguirei continuar o teatro no trabalho. Ele precisa parar de agir como se não me conhecesse. Por que ele me evita tanto, afinal? Penso em todas as mensagens trocadas no último mês e meio, em como nenhuma delas me fez antecipar esse gesto. Ele sempre tem um texto ou música para indicar, uma série para comentar, um filme que quer saber se já vi. Será que sou mais uma história para ele contar num texto lindo sem final feliz? Me permito, por um segundo, acreditar que gosta de mim. Não faz isso, Clarisse, repito mentalmente. E, ao mesmo tempo em que é delicioso, é horrível pensar que há algo de errado e me jogar sem imaginar consequências. Mas só sei gostar assim. Uma quadra depois, molhados e já cansados de andar a pé, acenamos para o primeiro táxi que aparece e entramos assim que ele para.

— Para onde? — O motorista se prepara, ligando o taxímetro. Cruzamos olhares e damos risada. Não pensamos nisso ainda. Digo o endereço de casa.

— É pertinho daqui — explico.

— Boa! Quer pegar uma cerveja em algum lugar? — sugere ele. Respondo que já tenho o suficiente na geladeira.

Está tocando The Strokes no rádio do carro. Balançamos, tímidos, as pernas e as cabeças no ritmo de "You Only Live Once". Nossas mãos entrelaçadas começam a suar e me sinto apavorada ao perceber isso. Tinha esquecido a delícia que é esse frio na barriga.

Meu prédio parece completamente diferente, como se tivessem dobrado a quantidade de portões de segurança. Até o olá do bondoso porteiro do turno da madrugada parece durar mais. O tempo é que começou a andar devagar demais de repente. Aperto o sete no elevador questionando mentalmente se não deixei nenhuma roupa jogada no meio da sala. No que estava pensando quando decidi trazê-lo aqui? Abro a porta, vasculho tudo com minha visão noturna, e Raoni certamente percebe o nervosismo, porque começa a me beijar antes mesmo de entrarmos. Tiramos os sapatos sujos e as blusas molhadas na porta e vou buscar uma cerveja.

Raoni está sentado no sofá, mexendo na caixinha de som. Alcança a long neck na minha mão e pergunta se pode colocar algo pra tocar.

— Baixinho, para não incomodar os vizinhos — concordo. Os ouvidos ainda estão zumbindo do show. Ele dá play no *Era Vulgaris* e se aproxima, roubando um beijo gelado de cerveja.

— Ainda bem que você apareceu hoje. Não teria sido divertido sem companhia — falo quase sussurrando. Não é que eu não queira fazer barulho, é que a voz não sai. Timidez, justo agora? Passamos desse ponto, né?

— Eu disse. A gente faz o que tem que fazer. Eu tinha que beijar a guria mais linda do show. Ela parecia precisar disso — ele diz com um riso sacana e o olhar tranquilo de quem faz tudo o que quer nessa vida. Está tão à vontade que ninguém imaginaria ser sua primeira vez aqui em casa. Começo a entender de onde tira material para criar. Essa autoconfiança masculina é mesmo digna de estudos.

— Deixa ver se entendi... *eu* parecia *precisar* de você? — respondo debochando, sem ser grosseira. — Pra ser sincera, comecei a achar que estava conversando com um *bot* todos os dias. Quase três meses e ainda não havíamos tido *uma* conversa decente pessoalmente, até hoje à tarde. Se é que a nossa conversa pode ser chamada de decente — rio. — O que te fez mudar de repente?

— Ah, guria. É muito difícil me aproximar de alguém no trabalho. Pode não parecer, mas tento não misturar as coisas.

Pode não parecer? Pra mim está bem claro. Assustadoramente. Sua voz soa firme e me faz acreditar que o silêncio habitual é só um mecanismo de defesa. Mas quero continuar provocando e ver até onde vai.

— Ah, então é isso. Achei que fosse apenas desinteresse. Sabe como é, né? São tantas opções...

— Pelo contrário. O interesse foi inevitável quando te vi. Gosta de escrever, sabe fotografar tão bem. Você tem um olhar diferente, guria. Parece entender o universo. E ainda tem saco para me ler e conversar sobre a vida sem me julgar muito.

— Não julgo porque suponho que o personagem das tuas histórias não exista, né.

— Eu existo. A maior parte do que eu publico é real. A questão é que sei expressar o que vivo de um jeito diferente, talvez? E aí acabo parecendo mais interessante.

Sim, ele sabe se pintar como alguém interessante. Fui atraída pela sua escrita, mas o carinho e a curiosidade cresceram porque falar com ele sempre me acrescenta repertório, me enche de vontade de viver e arriscar, de conhecer, ler, dar passos difíceis. Poucas pessoas me constrangem e me fazem bem assim, simultaneamente. Decido: não vão existir mais silêncios desconfortáveis entre nós dois a partir de agora. Raoni acende um cigarro, observo sua silhueta diante do janelão da sala, a luz baixa do abajur aqui dentro contrastando com as muitas luzes de lá de fora.

— É um pouco difícil não me identificar com você, Raoni.

— Eu sei como é. Encontrar alguém que parece entender melhor as coisas do que a gente mesmo. Já me apaixonei por pessoas assim. Cada vez fica mais raro. As minhas prioridades mudaram também. Mas essas são as melhores pessoas para se apaixonar.

Ele está dizendo o que estou entendendo?

— Sei...

Tento dizer mais que isso, mas não sai nada.

— Juro que não é autopromoção. Eu seria um babaca se fizesse isso. Só é bom demais gostar de quem se parece com a gente.

Você é tão pisciano que me irrita, Raoni. Mas não consigo não gostar de você.

— Você mesmo já disse tantas vezes que não presta. Que só machuca todo mundo. Se é tão bom gostar de alguém, por que você se fecha tanto?

— Porque eu sinto que ando por um caminho só meu. Não tem como levar ninguém junto. Tipo um brinquedo quebrado. Cada nova rachadura dói. Talvez por isso seja tão louco por mulheres. É muito bom estar apaixonado, sentir o sangue pulsando, o coração acelerado. Eu só estou procurando. Quero achar alguém que, mesmo quando me olhar de perto, quando enxergar minhas cicatrizes, ainda assim queira caminhar comigo.

É. Sua expressão está impenetrável. É a primeira vez que o vejo falar em encontrar alguém especial, não em amar todas as mulheres do mundo. Acho que nunca tinha se aberto tanto comigo. Pena que parece um discurso ensaiado.

— Esse papo tá muito triste. Vou trocar a trilha pra ver se a gente se anima um pouco. Posso olhar teus discos? — questiona, percebendo minha tentativa de decifrá-lo.

A pergunta foi puro protocolo, ele já tinha movimentado metade da prateleira. Tirou o *Let's Stay Together* da fileira organizada alfabeticamente, posicionou o vinil na vitrola e levou apenas o tempo de Al Green começar a cantar para se teletransportar para o sofá e me beijar de novo, agora madrugada adentro.

— *Shiiiiiit* — diz ele, recuperando o fôlego após um amasso de pelo menos três músicas.

— Seria esse o maior equívoco do nosso ano? — falo, rindo, mas ligeiramente preocupada.

— Com certeza, guria. O que torna tudo mais divertido, é claro.

— É, Rao. Consciência é mãe, né. Sabe de tudo, mas nem sempre a gente obedece.

Por que estou mencionando mães num momento desses? Alguém me interdita?

— Mas a gente também não precisa pensar demais nisso agora. O importante é que é bom pra caralho e ninguém se machucou. Então foi uma boa noite.

Só então me dou conta de quanto tempo já passou. São quase três da manhã, tem garrafas de cerveja espalhadas por toda a sala e, por mais gostoso que esteja, não quero que ele durma aqui.

4
Sexta-feira

O rádio relógio me acorda a tempo de ouvir "nove graus em São Paulo, tirem suas blusas do armário sem medo!". Seduzida pelo barulho da chuva lá fora, levanto o braço direito sem me descobrir e abro um vão na janela. Parece que o Centro inteiro ainda está dormindo. Enquanto os feixes de luz entram pela fresta, reparo na ausência de carros na rua e na brisa gelada que invade o quarto. Então é a vez do braço esquerdo buscar um comprimido na cabeceira e desligar o despertador.

A tosse seca antes mesmo de sair da cama me avisa que não é fumaça o que está faltando na manhã fria. É o braço de Raoni em torno de mim nessa cama pela metade, tão grande e tão vazia. Ainda estranho a ideia de que horas atrás ele estava aqui. Dá tempo de sentir seu cheiro amadeirado na minha pele antes de reparar que gastei dez minutos num ritual de sono e saudades. "Vão me custar no mínimo uns vinte minutos a mais no trânsito", prevejo. Levanto, me enfio debaixo do chuveiro e mando embora do meu corpo toda a vontade de desistir, misturada com suor, garoa e fumaça.

Na bagunça, enquanto busco o que vestir — de preferência algo que me deixe invisível, ao menos por hoje —, tropeço na vontade de beijá-lo mais uma vez. Toco meus lábios com o indicador, como se ainda sentisse os dele por perto. Será que a noite passada aconteceu de verdade? Os Vans enlameados na porta da quitinete e as roupas molhadas no varal confirmam. Felizmente, não preciso ir ao escritório às sextas. Infelizmente, tenho aula pela manhã e a professora marcou a orientação do grupo há semanas.

Revigorada e vestida, passo um café, coloco na garrafa térmica e, munida dos fones de ouvido, respiro fundo e caminho em direção ao metrô. Nenhuma nova mensagem.

Caio chega atrasado e não temos tempo de conversar sobre qualquer coisa antes da orientação. Dou um milhão de ideias de projeto para a professora, ciente de que provavelmente não irei até o fim com quase nenhuma. Ela anota todas enquanto Caio me olha de canto, espantado porque sabe que, sendo minha dupla, parte desse trabalho vai cair no seu colo. Uma hora e meia se passa razoavelmente rápido para o tamanho da lista de afazeres que temos quando a aula termina.

— Pelo visto o show te animou. — Caio levanta da cadeira tentando descobrir o estado do meu humor, porque já percebeu minha agitação. — Foi bom? Você não mandou mais nada.

— Você sabia, né? Que a Anna estaria lá. Com a Júlia, ainda por cima.

— *Pera!* — ele responde assustado e consigo ver em seus olhos que não sabia mesmo. — Claro que não. Vocês se viram?

— Se elas me viram, não sei. Mas fui obrigada a ver as duas. Como se já não bastasse aqui, quase todos os dias.

— Juro que elas não me falaram nada, Claris. — Caio parece realmente assustado, porque sabe o quanto essa situação me magoa. — Você sabe que eu não faria isso contigo. Quase nem converso mais com as duas depois de... Bom, depois de tudo — continua, preocupado. — Foi por isso que você não mandou mensagem? Tá chateada comigo?

— Não, não. Na verdade... Também encontrei o Raoni — respondo com um sorriso de malícia que só ele entenderia. A adolescente em mim queria contar vibrando, mas prefiro falar com naturalidade só pra ver a expressão de surpresa em seu rosto.

— Mentiiiiira? — o tom de fofoca soterra o climão que o papo anterior tinha criado.

— Vamos almoçar? Prefiro te contar longe dessas salas e perto de uma cerveja — sugiro, com receio de encontrar Anna ou Júlia. Ou, pior, as duas.

— Ok. Preciso passar no escritório hoje pra buscar uns equipamentos pro final de semana. Podrão?

Acomodados na nossa lanchonete favorita do calçadão da Paulista, a uma quadra do prédio onde Caio trabalha, ele retoma o assunto.

— Quer dizer então que você viu o esquisitão fora do habitat natural ontem?

— Não chama o Raoni assim. E, na verdade, quem me viu foi ele. Eu estava distraída, sabe.

— E aí? *Rolou alguma coisa?*

— Digamos que ele foi comigo pra casa depois do show...

Não costumamos ser tímidos ao falar dos nossos rolos, mas Caio está me olhando de um jeito tão incisivo que acabo ficando sem palavras. Logo eu, a maior tagarela do mundo quando o assunto é me expor. É que, nesse caso, *sei* que ele vai me julgar.

Ele está cansado de me apontar o quanto Raoni é mulherengo e rir dos textos dele, dizendo "coitada de quem cai nessa conversa!".

Ok, agora talvez eu mesma esteja me julgando. Enfim.

O garçom aparece com o cardápio. Agradeço, pedindo um x-salada bacon e uma garrafa de cerveja. É sexta-feira, já passou do meio-dia, eu mereço. Caio pede um queijo-quente no capricho e uma porção de fritas, e mal dá tempo do moço sair da mesa antes de ele quase gritar na minha cara envergonhada.

— Não acredito! Agora você vai fazer a calada?!

— Aaaaai! Desculpa. Foi ótimo! E estranho. Não sei. Ele me encontrou no meio do show. Nem sabia o que estava acontecendo, de verdade, parecia que meu peito ia explodir quando vi a Anna lá. Estava pensando até em ir embora. E ele me abordou. Na hora da minha música favorita!

— Ai, Claris. Todas as músicas desses caras são iguais — debocha.

— Não são. Para de ser chato! — tento defender a banda. — Mas não importa. Ele acabou ficando ali comigo. E num minuto a gente estava se beijando.

— Previsível, né.

Não aguento e começo a rir.

— Você acordou de ovo virado, por acaso? Vai ficar implicando comigo? Não te conto mais nada.

— Ah, mas vai contar sim, se vai! Quem foi que te fez ir a esse show? Isso mesmo: *Euzinho*. Pois pare de conversinha e vá direto ao ponto. Deixa o romance pro seu blog. Quero saber como ele foi parar na sua casa!

— Íamos só tomar uma cerveja...

— Claris, você tá tentando enganar a quem? Tomar uma cerveja? Vocês dois flertam há mais de mês, trocam segredinhos, discutem *a complexidade das mulheres nas suas vidas...* — ele fala com um tom de deboche que me faz querer agredi-lo, mas só encaro com a minha melhor expressão de indignação. — Cê acha que esse cara não tava esperando pra te dar o bote no momento mais oportuno? E você também tava pronta pra dar o bote, né. Não sei como não fez antes. Você não deixa passar ninguém.

Errado ele não está. Mas eu é que não vou admitir.

— Credo. Não esperava mesmo. Ainda bem, porque a surpresa foi ótima. — Mostro a língua pra ele, fazendo careta. Quantos anos a gente tem mesmo? — Até chegarmos em casa, realmente não estava pensando. Sei lá, tava meio embriagada da noite, meio aérea. Quando chegamos no apê e ele me beijou, tudo pareceu tão, tão real de repente. Por dentro, tava gritando *Meu Deus, o que eu estou fazendo??*. Não que isso me faça parar. Você sabe que, quanto mais vejo uma situação ficar maluca, mais fundo mergulho nela...

— Clarisse, você atacou seu chefe!? — ele brincou.

— Ele não é meu chefe! — argumento. — E não ataquei ninguém!

O almoço foi servido em meio às nossas gargalhadas, o que tornou a segunda parte do papo muito mais agradável.

— E aí, como foi?

— Eu curti. Ficamos conversando sem parar, até tarde. Quando já eram quase quatro da manhã, ele contou que tinha reunião cedinho e finalmente foi embora. Honestamente, só virei e dormi. Apenas quando acordei hoje me dei conta de que ele não tava mais ali.

— Acho impressionante seu poder de desapego. Bastou qualquer coisa tomar o rumo que você quer e a plenitude vem. Juro. Você é muito ariana, por Odin. A partir de agora, antes de me interessar por um cara, minha missão de vida é descobrir se ele tem Sol ou Vênus em áries, já pra evitar. No bingo do zodíaco, você venceu, né. Que mapa astral do inferno.

Não tem nada que me irrite mais do que o Caio me dizendo que ariano não tem sentimentos.

— Credo. Você sabe que isso não é verdade. Sou um amor. Tô morrendo de medo. Trabalho com essa pessoa, sabe. Quase todos os dias da semana. E preciso desse trabalho. Mais ainda: gosto desse trabalho. Já pensou se alimento o meu monstrinho da intensidade? E se ele está só me enrolando? E o climão que vou ter que viver daqui pra frente? Não, não. E você sabe que meu coração ainda não está cem por cento. Diria que não chega nem a setenta. Queria ser capaz de novo de confiar em alguém sem procurar por sinais de que estou sendo enganada a cada décimo de segundo.

— Claris, há quanto tempo te conheço mesmo? Dez anos? Quantas paixões você viveu nas situações mais adversas? Nem vem que eu sei muito bem como funcionam suas loucuras. Você se alimenta do medo e transforma ele em diversão. Não vou deixar você se botar pra baixo. Mapa-astral-do-inferno! Satanáries passando com um rolo compressor, sai da frente!

Ok. Às vezes é divertido também. Quando Caio começa a falar do meu mapa, uma tarde inteira não é suficiente. A gente dá muita risada. Mas hoje ele decide parar de apontar só os meus defeitos e começa a analisar os signos das pessoas orbitando minha vida e a brincar com os estereótipos que todo mundo odeia porque sabe que tem um pouquinho de verdade — culpa o Sol em escorpião pelo sangue frio de Anna, o Sol em gêmeos pela falsa ingenuidade de Júlia. Depois, zomba de mim por cair no papo pisciano de Raoni e, mesmo me sentindo atacada por todas as frentes, só concordo e complemento suas piadas, até a hora em que ele realmente precisa ir. Não quero voltar para casa ainda, então me despeço e caminho para a livraria gigante a algumas quadras dali, sob o céu aberto da tarde, feliz por São Paulo ter esse tempo maluco que comporta sol, chuva, calor e frio num mesmo dia.

Faz tempo que simplesmente não entro sozinha num lugar, me esparramo no sofá e, com Sufjan Stevens nos ouvidos e um copo de café na mão, penso em absolutamente nada. Estaria bem melhor se não tivesse abandonado esse ritual. Às vezes me esqueço de buscar as vozes de dentro porque tudo do lado de fora já me parece barulhento demais. Toda vez que fico em dúvida sobre arriscar ou não uma aventura, experimento silenciar o mundo exterior. "A vida é entediante demais para não tentar", consigo ver um personagem de série me dizendo quando fecho os olhos e saboreio, devagarinho, o primeiro gole quentinho. Os aromas da baunilha e da canela são como um abraço.

Não sei como funciona com o resto das pessoas, mas para mim as águas nunca estão tranquilas. Não existe tédio, porque não consigo parar de me meter em encrencas. E, depois, de pensar nelas. É sempre tão intenso. Eu penso demais, nossa senhora. Tudo vira o fim do mundo. Não é de propósito, só sinto além da conta. Não consigo controlar. Quando estou feliz, transbordo. Quando me animo, ninguém me para. Quando dói, dói mesmo. Fisicamente. Começo a pensar mais ainda, por receio de me enfiar em uma situação desnecessária (e sabendo que certamente vou fazê-lo). Isso acontece o tempo todo, mas hoje parece estar mais intenso. Não sei se já é hora de pensar em romance. Ficar com pessoas por aí, ok. Tem me feito até bem, na verdade. Mas Raoni me conhece. A admiração que tenho por ele é intelectual. Tudo bem, ele é um homem lindo. Mas a idealização começou quando ele nem sequer tinha um rosto. É difícil ser casual quando tem tanta história.

Parece uma conversa doida (e provavelmente é), mas é complicado sofrer diariamente a perda de algo que você nunca teve. Eu sofro. Pelos projetos que abandono, pelos amores que não vingaram. Sofro muito. Como Caio tem a coragem de me dizer que ariano não tem coração? Tenho sim. E não quero mais motivos para sofrer.

O telefone começa a vibrar e me traz de volta à realidade, no susto. De alguma maneira, ao ver as quatro letras no visor, fico ainda meio descrente, tentando entender se estou só imaginando. Mas é real: Anna está me ligando.

— Oi — atendo contrariada. Os batimentos cardíacos aceleram tanto, sinto que vou explodir a qualquer momento. Corrijo a postura, e de repente estou tão tensa que pareço uma estátua sentada na ponta do sofá.

— Claris… É a Anna.

Como ela consegue falar comigo como se nada tivesse acontecido, com esse tom de voz de quem está realizando o sonho de falar ao telefone com a Xuxa? Vai ser efusiva pra lá.

— Eu sei. Tô vendo o nome aqui no visor — respondo bem seca, que é pra deixar claro que essa animação não cabe aqui.

— Desculpa ligar do nada — ela parece ter entendido a mensagem. — Sei que a gente não se fala tem um tempo.

Continuo calada. Que papo de elevador. Fala logo o que quer, inferno.

— É que te vi ontem no show. E queria conversar.

Ah, não. Ela me viu. Mas qual versão viu? A feliz e levemente embriagada que dança com desconhecidos? Ou a completamente atordoada na multidão depois de ouvir sua voz? Não gosto nada disso.

— Então diga — respondo.

— É pouca coisa o que tenho pra dizer.

Está sendo realmente muito difícil continuar quieta. Mas não tem como ser uma ligação fácil pra ela também, então seguro a onda.

— Te vi com aquele cara. Do seu trabalho. Quem diria, né? Que bom que você tá bem.

Não acredito que ela me ligou para falar disso. Nessa intimidade. Sério. Estou gritando por dentro. Mas sigo quieta. Calada. Não vou dar a ninguém o gosto de me chamar de maluca por aí de novo.

— Uhum.

Quero emendar com "O que você tem a ver com isso?!", mas só fico caladinha. O silêncio é inquietante, mas não falo.

— Claris, a gente não precisa se tratar assim. Não precisa...

— Não sei o que você espera que eu diga — começo a elaborar, a língua quase se enrolando de tanto segurar a raiva. — Aliás, não sei como espera que eu me comporte, mas você não é inocente a ponto de acreditar que vou agir *naturalmente* com alguém que *não dá a mínima* pro que sinto, né?

— Isso não é verdade.

— O quê? Que você me traiu? Ou que você nunca me deu a mínima importância?

— A verdade é que gosto de você. E você sabe. Mas gosto da Ju também.

Se antes estava tensa, agora estou enterrada no sofá. O meu corpo desiste. Dá para me ouvir desmoronando a quadras dali, nem sei se de ódio ou de tristeza.

— Ah. Sim. Sem problemas. Agora tudo faz sentido, Anna.

Eu estou tremendo. Até dizer o nome dela em voz alta dói.

— É sério, Claris. Gosto das duas. Você não entende. Não quer entender. Ah, se pudesse, não sei...

— ... ficar com as duas? É isso que você quer? Foi isso que você sugeriu quando me contou de vocês, né?

— É.

A ousadia, meu pai.

— E eu já disse, não é uma opção.

— Acho que você não tá pensando muito bem, Claris.

Olho para o lado como se tivesse alguém me observando. Até procuro as câmeras, porque a essa altura realmente tenho certeza que estou participando de uma pegadinha, sei lá, do Silvio Santos? Do João Kléber?

— *Não é possível* — percebo que estou aumentando o tom da voz e me recomponho antes de incomodar as pessoas ao redor — que você me ligou pra dizer isso depois de me ver com alguém. E supondo que estou feliz. É claro que isso não é uma opção. Nunca foi.

Eu. Não. Acredito.

— Você é muito cabeça fechada, Claris.

Hoje uma ex vai estragar meu dia. É isso mesmo, universo?

— Cabeça fechada, Anna? Você ainda acha que tô dizendo não pra essa sua tentativa meia-boca de massagear seu ego por quê? Porque não pensei bem? Pra "defender a monogamia"? Porque eu sou cabeça fechada? Claro que não. Presta atenção no que você tá falando. Eu nunca viveria nada disso *com você*. Só isso. Alguém em quem não sou capaz de confiar. Não existe a menor possibilidade.

— Desculpa. Mas acho que...

Odeio como a voz doce e lenta de Anna me faz sentir refém de uma espécie de bondade que ela simplesmente não tem. Ela nunca altera o tom de voz, e por isso você pode erroneamente achar que ela não se altera, que está sempre controlada, não importa o que aconteça. Foi assim que me tornei um fantoche por tanto tempo, sendo convencida de que não havia nada de errado, de que era tudo coisa da minha cabeça. Quantas vezes pedi desculpas pelos erros dela, como se o grande problema não fossem seus vacilos, e sim o fato de eu me incomodar com eles? Dessa vez não vai ser assim.

— Quer saber? Ache nada, não. Esquece isso. Esquece tudo. Não ligo se você fingir que nada aconteceu, como já faz. Mas, por favor, finja que não me conhece também. Esquece esse número de telefone. Esquece que um dia você já teve liberdade de me propor o que quisesse e me deixa ser feliz em paz.

Me deixa ser feliz.

Não acredito que tive coragem de dizer isso.

Ah, o silêncio de novo. A tensão que dá para sentir no chiado da minha respiração pesada no microfone do celular.

— Estou mentindo? Você começou essa conversa falando que está feliz por me ver bem. Eu não tô bem, Anna. Mas você não saberia, porque você não tá aqui. E espero que continue longe.

Desligo antes de começar um escândalo. Simplesmente não sei o que fazer também. Não consigo pensar em nada. Fico ali na cafeteria, sozinha, imóvel, engolindo um choro de raiva, enquanto as pessoas entram e saem felizes com muffins e *frappuccinos*, comendo e comemorando o final de semana. Não sou muito confiável como minha própria companhia. Agora, por exemplo, poderia estar fazendo qualquer coisa. Escolho olhar no Instagram como tem sido a rotina de Anna. Por que ficar em paz se posso cutucar feridas?

As fotos de quando namorávamos ainda estão lá, e isso me revolta, uma revolta que não faz nenhum sentido, porque o que vivemos não se apaga, registrado na internet ou não. Justifico-a de alguma maneira quando vejo um retrato espontâneo ao lado de Júlia, sentadas na sala da faculdade, as duas perto da parede, conversando e olhando uma para a outra. Lembro de quantas vezes flertamos exatamente ali.

Anna não foi só uma namorada. Ela foi a primeira. Até então, eu vivia furtiva. Não gostava de me envolver com ninguém, só de curtir todo mundo do meu jeito. Eu gostava disso. Gosto, ainda. Liberdade. Ela me convenceu de que nosso amor era algo capaz de vencer guerras e o tempo, e por isso deveríamos ficar juntas. Quando minha família soube do nosso relacionamento, ninguém sequer tentou entender, apenas cortou o que restava dos nossos laços. Virou uma relação protocolar. Fiquei sozinha. Mas Anna me garantiu que podíamos ser nós duas contra o mundo. E, por dois anos, acreditei que seríamos, sim, nós duas, para sempre. Quando vivemos uma paixão dessas, temos licença poética pra acreditar em *felizes para sempre*.

Pensar nisso me transporta para o pior dia do ano.

Era aniversário da Ray, uma amiga da faculdade, e, no calor insano de janeiro, a gente resolveu repetir uma daquelas maratonas que põem à prova a nossa juventude: o grupo todo descendo a rua Augusta, de bar em bar, bebendo uma cerveja e indo para o próximo. Começamos na estação Consolação, em umas quinze pessoas, e terminamos em cinco, entrando num clube lá embaixo, quase na Marquês de Paranaguá, onde sempre tem open bar. Sim, dez pessoas desistiram no meio do caminho, porque não é tão fácil assim aguentar os trinta graus abafados de uma noite seca de verão por aqui.

Uma noitada open bar parecia um final irônico para um rolê em que todo mundo já estava doido, sendo bem sincera: Caio foi embora com a desculpa de aproveitar o metrô aberto. Eu, com dor de cabeça, só queria muita água e um ibuprofeno. Quase fui com ele, aliás, mas ao ver Ray e Alice, sua namorada, empenhadas em chamarem todos os amigos possíveis por mensagem, resolvi ficar mais um pouco. Além disso, Anna estava animada. Estranhamente animada. E Júlia ficou com a gente também, a única pessoa sozinha ali no momento. Parecia sacanagem deixá-la com o casal de aniversariantes ansiosas. Júlia tinha acabado de ser transferida de Porto Alegre para a nossa turma. Era magra, baixinha como a Anna, tinha os olhos fundos e escuros e os longos cabelos loiros escorridos. Ela era exatamente o oposto de mim. Pelo menos fisicamente. Não conversamos tanto assim pra conhecê-la a fundo, mas a camiseta do Elton John me dizia que tinha bom gosto, e o exemplar de *O amor é um cão dos diabos* que carregava pra lá e pra cá denunciava que não éramos tão diferentes assim.

Subimos todas para o segundo andar, onde a pista era menor e tudo estava mais vazio e menos abafado. Santo ar-condicionado. Mais meia dúzia de pessoas e ele seria o próximo a não dar conta. Começamos então a dançar e conversar. Eu já não conseguia acompanhar mais nada, cada mínimo movimento exigia toda a concentração do mundo. Estava lá, mas tudo ao meu redor tinha se tornado barulho e luzes, apenas. Anna costumava ser bem reservada, até antipática à primeira vista. Bem diferente de como estava naquela noite. Fiquei contente ao perceber como se dava bem com Júlia. "Se eu precisar ir embora, Anna não se sentirá sozinha", pensei. Não queria estragar a diversão de ninguém. Mas queria a minha cama, acima de tudo. Trabalhei o dia todo, bebi muito e rápido demais durante a noite, e o início de madrugada estava realmente doloroso. Avistei um novo grupo de amigos da Ray se aproximando e me senti confortável para começar a movimentação.

— Amor, tô com muita dor de cabeça. Acho que vou embora — falei no ouvido de Anna, discretamente, enquanto os novos convidados cumprimentavam todos, um a um, com o protocolar beijinho no rosto e as apresentações, tornando a rodinha dançante cada vez maior.

— Quer que eu te leve? Você tá meio pálida mesmo — comentou, me puxando pra fora da roda e mais perto da parede.

Meu. Cérebro. Estava. Pulsando.

Até lembrar dói.

— Pode deixar. Chamo um carro e rapidinho tô lá. Fica tranquila. Só preciso mesmo dormir.

— Vou ficar mais um pouquinho por aqui então, ok? — respondeu ela, enquanto me encarava com seus olhos cor de mel, imensos e brilhantes, como quem pede permissão, embora nosso relacionamento não tivesse esse tipo de cerimônias, até por estarmos quase sempre nos mesmos lugares, com os mesmos amigos.

E aí ela me beijou, daquele jeito que é de alguma maneira o remédio e também o pior dos sintomas. Ela me beijou, a boca gelada de caipirinha, a respiração ofegante, os corpos quentes e colados um ao outro, e cogitei novamente ficar. Porque eu era viciada nela. Mas foi só o tempo de começar a tocar "Paranoid", do Black Sabbath e os acordes me tirarem da anestesia: a cabeça voltou a doer. Deixei ela se descolar do meu abraço e saí à francesa, como quem vai ao banheiro e nunca mais volta. Desci para a fila do caixa, que àquela altura já estava bem grandinha. Quando chegou minha vez, depois de vinte minutos pressionando minhas têmporas e tentando não surtar com a lentidão do atendimento, a frustração: tinha esquecido a comanda na bolsinha da Anna.

Maldita mania de sair sem bolsa.

Consegui convencer Denise, a caixa que depois se tornaria minha amiga, a me atender direto assim que voltasse. O argumento era simples: se precisasse pegar aquela fila toda de novo, claramente teria um treco ali mesmo. Era visível. Então, já meio alucinada, um tanto pela dor, outro tanto pelo nervoso, a vista embaralhada pelos neons da pista, andei em direção às escadas escuras, e preferia não estar enxergando mais nada, porque o que vi, infelizmente, ficou gravado na minha mente para sempre: a silhueta ruiva de Anna beijava Júlia, as duas coladas na parede, na plataforma central da escadaria. Por um instante achei que estivesse me confundindo, mas não. Eram elas.

Aproveitei que as duas não me viram e desci num pulo o primeiro lance, correndo em direção ao caixa. Denise perguntou da comanda e só consegui começar a chorar. Um vexame sabor sal e suor, com rímel e delineador pretos escorrendo pelo rosto.

Nada mais em minha cabeça fazia sentido. Já revisitei várias vezes essa cena nas memórias pensando nas coisas que poderia ter dito e não consegui. Lembro do Caio respondendo a minha mensagem no táxi.

CLARIS
Tá rolando algo entre a Anna e a Júlia. E não é de hoje.

CAIO
É coisa da tua cabeça, Claris.

Essa frase inofensiva ecoa até hoje quando penso em qualquer situação minimamente dolorosa pela qual estou passando. Será que está acontecendo mesmo? Será que é só drama? Por que todo mundo sempre acha que *é coisa da minha cabeça*?

Na semana seguinte, as duas já andavam grudadas pra lá e pra cá, trocando beijos e carinhos no meio das aulas o tempo todo. Naquela mesma sala em que a gente se conheceu e se apaixonou. Comigo assistindo a tudo, sem sequer respeitar qualquer luto, término ou o que quer que seja.

Não existe felizes para sempre.

Fumar todos os cigarros do mundo não resolve os problemas, mas me faz sentir melhor. Não lembro como nem quando adquiri o péssimo hábito, que não é diário, mas cíclico: basta me deparar com um problema e surgem os maços de Marlboro vermelho amassados no fundo da bolsa. Ando extremamente ansiosa nos últimos tempos. Enquanto caminho para casa, resolvo mandar uma mensagem para Raoni — e descubro que ele tinha me chamado mais cedo.

RAONI
ei, guria.

CLARIS
diga, rao :)

RAONI
te assustei ontem?

CLARIS
não. na verdade ainda tô absorvendo tudo. haha

RAONI
imaginei. como você sumiu hoje, pensei ser mais um caso de "guria lê meus textos, me conhece, descobre que não sou nada daquilo e se desilude com os homens na mesma velocidade".

CLARIS
hahaha, não, por enquanto não. acho.

RAONI
tem certeza? homem não presta, cara.

CLARIS
alguém presta? não dá pra se desiludir se você nunca chegou a ser iludida, certo?

RAONI
putz, não. só piora. mas depois melhora. pelo menos um pouco. tá tudo certo?

CLARIS
ah, acho que tá tudo ok. só perco a paciência quando esquecem que tenho coração.

RAONI
acontece. o importante você já tem: uma coleção de discos, trocentos filmes e um par de livros de pessoas incríveis. e se todo o resto falhar, jogue os braços pro alto e faça uma dancinha engraçada :)

CLARIS
nesse momento imaginando você fazendo uma dancinha. hahha

RAONI
não queira. hahaha! sério.

CLARIS
impossível. eu já quero :P

RAONI
não sou o mais indicado pra dar conselhos fofinhos. você sabe. a doçura custa a sair. mas posso dar a real: se alguém te faz sentir assim, não merece nenhum espaço na sua vida incrível.

CLARIS
você tem razão :)

RAONI
ouve isso aqui e relaxa

É um link para "Best Day", do Atmosphere, que começo a ouvir imediatamente e me acompanha durante a viagem.

Preciso encontrar logo o equilíbrio. Não tenho a menor ideia de por onde começar a procurar, nunca foi minha especialidade. Depois de algumas estações, ainda demorando a crer que aquela ligação realmente aconteceu, chego em casa, ligo o *Just Dance* e seleciono "Where Are You Now", minha escolha quando quero me desligar completamente de tudo.

Raoni não sabe, mas acertou. Dançar sozinha é uma das minhas coisas favoritas. Me ajuda a lidar com as ideias aceleradas. Minha cabeça funciona melhor assim, por isso estou sempre em movimento. Parece que tem uma energia dentro do meu corpo que precisa ser posta para fora de qualquer jeito antes que alguém me encontre em chamas.

5
Sábado à noite

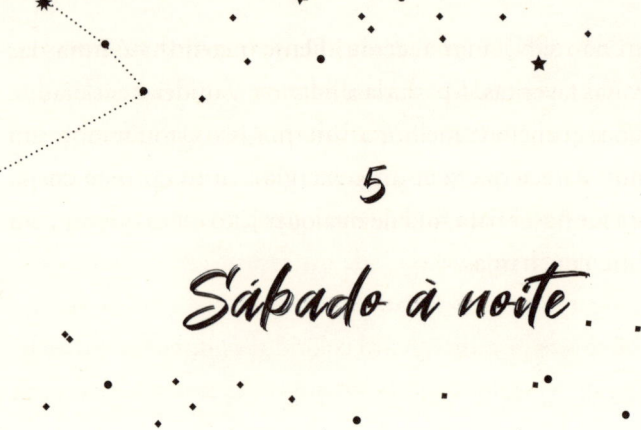

Depois de uma viagem de táxi silenciosa de Campinas a São Paulo, aqui estou, na casa de Raoni, sentada na beira de seu colchão de casal, abraçada à minha mochila como se ela fosse um objeto mágico que me prende à realidade. Passou tanta coisa pela minha cabeça que parece que o seminário de astronomia que acabamos de cobrir foi dias atrás.

Ele oferece uma cerveja, me deixando sozinha no quarto por tempo suficiente para memorizar cada centímetro quadrado do espaço que exprime completamente sua identidade: uma escrivaninha coberta de caderninhos com a capa de couro preta (contei oito à mostra), canetas Bic pretas, algumas notas espalhadas, um exemplar antigo e amarelado de *Graça infinita*, cheio de marcadores e divisórias, um notebook coberto de adesivos de banda, uma máquina de escrever antiga, uma caixa de som Bluetooth pequena, um bong, e uma pilha de revistas *Bizz* que realmente me dá vontade de fuçar, tamanha a quantidade de raridades.

Acima do colchão, uma janela imensa que mostra as pessoas acumuladas na porta da padaria da frente, famosa pelo pão na chapa com requeijão. Essa é uma informação que me deixa um pouco confusa — sério, quão especial pode ser um pão na chapa com requeijão? Agora, pensando, muito especial. Pão na chapa com requeijão é bom demais. Mas ainda me assusta ser a *especialidade* de algum lugar. Só em São Paulo mesmo.

Fico obcecada por um quadro colorido pendurado na parede: é um pôster do Morphine, de 1995, originalmente feito para um show no Irving Plaza, em Nova York. Uma pin-up amarrada num balanço, com o vestido verde esvoaçante. Coloco a mochila no chão e me aproximo para tentar descobrir o artista responsável pela ilustração. Estou com os olhos quase colados à parede quando ele volta com os copos cheios, senta na cama e me chama, afofando um travesseiro no espaço vazio:

— Vem cá. Acho que precisamos conversar.

Só então percebo que tudo foi milimetricamente calculado. E se ele é bom jogador, também serei.

Sou prática, gosto de pessoas que vão direto ao ponto. Esse jeito teatral, típico de quem encena com cautela para continuar no controle da narrativa, me faz sentir mundana demais para o seu universo de emoções complexas. Ele gosta de fazer planos, eu gosto de mergulhar de cabeça. Tento não me incomodar. Não vou negar, até curto a sensação de ter toda a sua atenção voltada para mim nesse momento.

— Você parece mais animada. Queria te dizer que, se tem uma coisa em que sou bom, é colo.

— Obrigada, Rao. Vou me lembrar disso — respondo.

Esse tipo de interação esquisita é o preço que pago por me abrir com ele.

— Sei que me conhece o bastante pra não entender como uma cantada barata. Porque sou bom nisso também.

— Em cantadas? — respondo rindo, um pouco mais debochada do que gostaria.

— É. — Ele entra na brincadeira, mas fica sério de novo. — Andei machucando algumas pessoas. Tenho evitado isso. Agora quero fazer o contrário.

— Você gosta de repetir que machucou um monte de gente, né? Me sinto parada no amarelo piscante — reflito. — A Anna deve ter sido o carma me dizendo que existe um preço pela liberdade que sempre valorizei. Foi só me amarrar a ela e olha no que deu. Fico pensando se magoei muita gente antes disso.

— Quando ficar arriscado sair de casa, você terá o seu PhD.

— Não quero certificado nenhum nesse tipo de coisa, Raoni.

— Nem precisa.

Sério. Será que nossas conversas virtuais são tão horríveis quanto essas que temos pessoalmente e eu nunca reparei? Não é possível. Que papo mais baixo astral. Aonde ele quer chegar com isso?

— Quero não ter que machucar ninguém. E também não sair machucada.

— Nunca quis nada disso, mas não adiantou muita coisa. Mas é isso, guria. Estou aqui. Você é uma boa garota. Grave bem o que eu digo. Esse papo honesto é exatamente para evitar confusões no futuro, sabe como é.

Boa garota não é a expressão que usaria pra me definir. E não, eu definitivamente não sei como é. Me poupe.

— Você me dá medo — encerro, e percebo que soou mais duro do que deveria. — Não, espera. Deixa explicar. Nunca sei se vou incomodar, atrapalhar, parecer inconveniente. Não sei o que você quer. Você é sempre tão receptivo nas mensagens. Mas pessoalmente? Mal sabia como era sua voz até outro dia. Com outras pessoas ao redor, você me olha como uma desconhecida. Também estou aqui.

— Você vai ver que nossa aproximação é diferente. Sabe, pensei "vou ficar um bom tempo sozinho. Como não faço há anos". Mas aí te vi sozinha no show, cantando de olhos fechados, e lembrei das vezes em que trocamos playlists. Você gosta do caos assim como eu. Se quiser me fazer companhia, a solidão fica mais agradável.

Solidão assistida não é a minha praia, mas não tenho coragem de falar para ele na hora. Esse papo de "não quero te machucar" é um dos clichês românticos que mais odeio. Desde cedo, penso a respeito de como alguém que diz não querer machucar outra pessoa está consciente de que já fez ou fará isso tão logo tenha chance. É uma dessas nossas manias redentoras: convenço-me de que não quero machucar ninguém e, quando machuco, a consciência diz "calma, você nunca quis fazer isso, você sempre evitou o pior".

Já cansei de passar por situações semelhantes, de treinar minha mente para o pior, sabendo que, se qualquer coisa, simples que fosse, acontecesse, teria o alívio como recompensa. Se viesse o pior, restava a resignação a meu favor. Qualquer dor é muito maior quando nos pega de surpresa. E, especialmente, quando estamos com medo. Não quero nada com alguém que já começa dizendo que nada vai sair dali. Não porque busco algo sério, mas porque sei que, se me envolver, a estupidez é toda minha, fui avisada. Gosto de relações que me dão espaço para viver o que vier, sem limites e sem o peso da responsabilidade pelo futuro de ambos.

As coisas mudam o tempo todo, descobri da maneira mais dura. Hoje, até no caos do meu coração, exijo alguma ordem.

Mas também não quero desperdiçar uma química da qual não desfrutei o suficiente. Dividimos o desejo de ver o mundo arder em chamas. Então tento entrar no jogo, pelo menos agora. Quem nunca ignorou a razão pra satisfazer algum desejo que atire a primeira pedra.

Eu ignoro a razão o tempo todo.

— Vamos combinar, Rao: quando quiser companhia, me chama.

— Combinado. Tem uns detalhes a serem acertados, mas cada coisa a seu tempo.

— Olha... Quando a gente troca mensagens nesse tom é charmoso. Mas também é só você me contando suas histórias e eu contando as minhas. Estamos falando de nós dois agora. Os dois na mesma história. Não quero ter que ficar decifrando entrelinhas ou esperando ansiosa pelo momento em que você me faz uma grande revelação. A gente se vê quase todos os dias. Preciso entender o que está rolando.

— Certo. Gosto de ti. É que sou um canalha pra demonstrar essas coisas. Pelo menos era. Sempre pensando na próxima conquista.

E aí está. O cara que escreve texto para pegar mulher. Definitivamente, a construção do personagem era melhor a distância. Mas o erro é todo meu, de pagar pra ver. Quando idealizamos, todo mundo é mais bonito. De longe, com o filtro das nossas projeções e expectativas, qualquer um pode ser o par perfeito.

Honestamente? Já estou aqui, e vivo dizendo que gosto de gente sincera, né? Saber o que esperar é até um bônus nesse momento. Mesmo que, no caso, não possa esperar nada. Só torço para ele parar de falar. Quanto mais se distancia de quem pareceu ser todo esse tempo, menor o interesse.

Então ele segura na minha cintura com sua mão imensa e diz, sorridente:

— Vem cá, guria, vamos ficar pra quebrar esse climão.

Acho graça e deixo rolar. Ele vira a cabeça com intensidade, me fazendo sentir quase sugada para dentro de seu corpo. É o beijo mais estranho da minha vida. Mas é também um dos melhores. A forma como morde os meus lábios devagar e me puxa para perto até encontrarmos um ritmo comum é o antídoto para todo o discurso meia-boca que ouvi na última hora.

A tensão se vai e nada mais existe. O maldito sabe como fazer as coisas.

— Que beijo gostoso do caralho — sussurra ao descolarmos os lábios um do outro, e ainda encena uma insegurança. — Não gostou, foi? — pergunta enquanto tira a longa franja do rosto, deixando os olhos à mostra. Fico tentada a dizer que não, apenas pela provocação, mas não é verdade. É tudo tão novo e tão estranho que me agrada. — Seus olhos... São tão verdes — continua. Não sei se estou lisonjeada ou constrangida. Ele é melhor conquistando nos textos do que na prática, mas isso não significa que seja ruim. Começo a beijá-lo de novo, agora mais devagar. Tiro sua camisa e, finalmente, nós dois nos embolamos na cama por horas. Só paramos quando já não há mais energia nem mesmo para um cigarro.

Senti-lo deitado ao meu lado, respirando tão perto de mim, é quase tão gostoso quanto todo o resto. O corpo enorme e tatuado sem camisa é hipnótico. No dia a dia, não tinha como imaginar que ele fosse assim — as camisetas e moletons pretos escondem uma pantera e uma onça se encarando no peitoral, a frase "heartattack and vine", escrita de costela a costela, e uma adaga na parte interna do braço esquerdo. Sua coxa direita tem uma caravela gigante. A esquerda, uma mariposa. Todas pretas e no estilo *old school*, como as da mão.

 Estou quase cochilando enquanto olho para nossos corpos iluminados apenas pelas luzes douradas da rua que invadem o quarto pela janela. Minhas tatuagens parecem tão triviais ao lado das dele. O contraste das nossas peles é tão bonito. Um pensamento me invade: eu poderia me apaixonar por você. Mas isso não é parte dos seus planos. De um modo estranho, gosto de pensar em todos os diálogos que já tivemos, na proibição óbvia contida na chance de viver algo intenso e destruidor e fingir que nada acontece no trabalho. Um compromisso sem compromisso serviria para ignorar cobranças, crises de ciúme ou qualquer outra coisa que possa ferir não só a mim como a outras pessoas. Parece maravilhoso, em teoria. Então me dou conta. A solução que ele me propôs é exatamente a que um dia eu lhe disse buscar: alguém com quem possa falar bobagens sem medo e que goste de ouvir. Mas me prender à solidão alheia não é a solução.

 Minha bagagem, sua bagagem, está tudo acumulado. Quero liberdade. Para ser demais, sentir demais, até sofrer demais, se for o que a vida reservar para mim. Solidão assistida não configura companhia. E não quero me sentir só acompanhada, obrigada. Não quero ser a escolha de alguém que só não quer se assumir sozinho. Isso não é liberdade, nem de longe.

 Mais uma vez me deixo levar pela emoção, pelo impulso e pelas vontades. Quando isso acontece, me entrego tanto e tão cegamente que permito que as pessoas decidam meus sentimentos por mim. Não, obrigada.

Lembro a sugestão que ele fez mais cedo, na fila do caixa do restaurante. "Você só tem que arrumar um homem de verdade, guria." Não, não preciso encontrar um homem de verdade, Raoni. A resposta não está fora de mim. Não está em homem nenhum.

Observo-o dormir por mais um instante, fotografando a cena com a memória. Antes que comece a ficar estranho encará-lo, levanto tateando no escuro em busca das minhas roupas. Recolho a mochila ao lado do colchão. O celular na mesa. Faço um bilhete, que deixo no topo dos infinitos post-its. Abro a porta e tomo um susto: o amigo com quem ele divide apartamento está jogando videogame no chão da sala. Me despeço silenciosamente do rapaz e saio, no fim da madrugada, em busca do carro que chamei pelo aplicativo.

Estou faminta. A caminho de casa, consigo ver o nascer do sol na Dr. Arnaldo vazia. Abro bem as janelas para sentir o vento úmido no rosto.

Eu te li demais, Raoni, e esqueci que tudo que a gente registra, inspirado na própria vida ou não, é, de alguma maneira, ficção. É uma versão recortada de quem a gente quer ser, ou acha que é. Queria dizer que o problema não é você, sou eu. Mas não é verdade: o problema somos nós dois. Não quero ser coadjuvante de mais uma história sobre um pobre homem que não consegue evitar partir corações. Não quero ser aquela a te colocar num pedestal e aplacar as suas carências, nem quero usá-lo para não lidar com tudo que estou tentando não sentir, todo esse medo de me envolver demais com alguém com interesse de menos. Você viu minha ferida ainda aberta e me consolou lembrando que tudo cicatriza. Sou grata.

Talvez por isso seja tão bom deixá-lo para trás e partir: assim me sinto livre.

Assim me sinto bem.

Faz sol lá fora, já é domingo e posso ouvir de novo meus álbuns favoritos à exaustão. "O amor dura o tempo de um cigarro, querido", rabisquei no bilhete. A frase não é minha, li algo parecido num texto que ele me mandou semanas atrás, quando me indicou um autor amigo dele. O amor dura o tempo de um cigarro. E eu decidi parar de fumar.

Uma galáxia inteira além daqui

por Leo Oliveira

1
Matheus

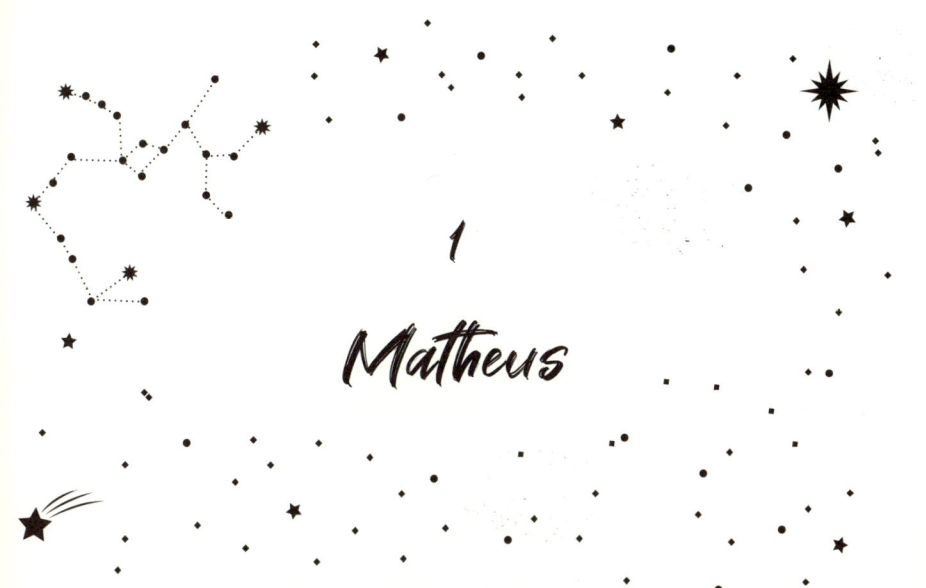

Há uma grande possibilidade de Mercúrio estar retrógrado. É a única explicação para o lembrete sobre a prova de química ter desaparecido do meu celular. Olho o teste sobre a mesa enquanto a borracha dança sob meus dedos, o lápis que uso para fingir que estou calculando alguma coisa me encara como se eu fosse a pior pessoa do mundo. A verdade é que não sei como se determina o número de oxidação de um elemento composto e muito menos onde eu estava quando o professor explicou isso em aula. No entanto, outras três coisas *estranhas* aconteceram hoje: o carrinho de sorvetes que fica em frente à escola não tinha mais nenhum picolé de flocos, o meu favorito; a vizinha do apartamento 15 avisou que minha mãe tinha deixado a chave do lado de fora da porta de casa; e, por fim, mas não menos importante, Edu me encarou no banheiro enquanto eu trocava a camiseta amarela, completamente suada, por uma mais escura. Se Mercúrio não está retrógrado, estou vivendo em uma realidade paralela.

Me deito sobre a mesa desistindo oficialmente dos cálculos segundos antes do sinal tocar.

Estudo nesta escola há três anos e desde que nos mudamos do interior de Minas Gerais para São Paulo, a maior preocupação dos meus pais tem sido me manter seguro em uma cidade muito maior que a nossa. Mas a verdade é que eles têm medo de eu não conseguir me relacionar com outras pessoas, de talvez não ter tantos amigos aqui como tinha na pequena Carneirinho. Viver em São Paulo é um desafio diário, mas de alguma forma sinto que essa cidade me abraça como um igual.

A segunda aula começa ao mesmo tempo que meus pensamentos se calam. O professor Soares, de Literatura, entra na sala sem falar nada e desliga as luzes. Ele pressiona algumas teclas no computador sobre a mesa e projeta a tela no quadro branco.

— *Turrrma*, é o seguinte — ele repousa a mão esquerda na cintura reforçando o *r* de algumas palavras —, estamos em novembro, reta final do último ano de vocês e, como sabem, existe uma máxima em minhas aulas que faço questão de *manterrr* sempre comigo: "Ah, que diferença entre o juízo que fazemos de nós e o que fazemos dos outros!" — declama ele, como um ator representando Shakespeare. — Esta frase de Johann Goethe é uma das minhas favoritas. — Todos batem palmas para a dramatização. O professor ri e continua. — Como trabalho final, vamos *explorarrr* a astrologia.

Sorrio com o canto da boca quando ele começa a explicar o que espera de nós. A ideia é guardarmos esse trabalho como uma recordação da nossa *jornada* no ensino médio. Somos quarenta nesta sala barulhenta que parece uma sauna em dias quentes: de um lado os que amam ar-condicionado, do outro, os que abominam completamente. Faço parte do primeiro grupo.

— Ele será feito em duplas. — E o meu maior pesadelo começa. — Durante o ano eu os *obserrrvei*, afinal é isso que um professor de Literatura faz enquanto vocês se debruçam sobre livros obrigatórios para o vestibular e produzem redações, e senti que é importante que vocês se lembrem de momentos como esse.

Suas aulas são uma válvula de escape para mim. Soares sempre permitiu que uníssemos o que era prioridade para ele ao que realmente amamos. Então minhas redações sempre iam acompanhadas de um desenho ou uma *fanart* de algum personagem. Outros alunos levavam poemas ou trechos de música. Talvez um dia eu crie coragem para colocar no mundo a minha história em quadrinhos sobre um vampiro que se apaixona por um fantasma e, a partir daí, algum cineasta famoso faça acontecer toda aquela magia que a gente vê nas telas de cinema.

O professor se recosta à mesa, puxando o computador para mais perto de si. Ele abre várias abas até encontrar o arquivo que estava buscando, no qual estão os nomes de todos os alunos e suas respectivas duplas. Soares abre um sorriso enquanto espera nossa reação. Meus olhos correm pela tela, mas não encontro nenhum Matheus Sanches nas primeiras linhas. Forço minha visão a focar lentamente em cada coluna da tabela até encontrar na penúltima fileira: **Matheus Sanches/Eduardo Azevedo**.

Não acredito que ele é minha dupla, isso só pode ser uma brincadeira ridícula! Talvez seja uma resposta do universo para o dia em que dei um soco na cara do meu primo mais velho e quebrei seus óculos ao meio; ou ainda para a vez em que resolvi criar um perfil fake na internet para enviar mensagens românticas e sexy para o primeiro garoto por quem me apaixonei e jamais beijei (isso foi há dois anos, mais ou menos, mas ainda assim é relevante). Fazer esse trabalho com Eduardo vai ser só mais um motivo para voltarem a rir de mim como fizeram no primeiro dia de aula, quando tropecei com meu lanche no corredor e fui chamado de gordo quatro-olhos pelo melhor amigo dele na época.

Eis quatro coisas que você precisa saber sobre Edu: ele tem cabelos lisos, sardas, um nariz tão perfeito que nem mesmo um cirurgião plástico conseguiria encontrar defeito, e um furinho no queixo. Um bônus: eu já sonhei com ele depois de assistir a *Homem-Aranha: Longe de casa*. Edu é uma mistura de Tom Holland com o Matt Bomer em uma comparação exagerada. Sempre tive certa curiosidade em relação a ele, é como se Edu estivesse esperando que eu fizesse algo. Que eu tomasse uma atitude. Sempre foi assim, desde a primeira vez que a gente se viu.

— Vocês terão até a próxima aula pra preparar o trabalho. Canetas à mão! — grita o professor. — Cada um de vocês deve construir um personagem que englobe os pontos positivos e negativos dos seus signos, respeitando tudo que aprendemos nas últimas aulas sobre esse tipo de construção. Combinado?

Marcela arregala os olhos.

— Cê realmente quer que a gente crie uma nova pessoa? Tipo, alguém que seja parecido comigo, mas ao mesmo tempo não seja? — Iago ri ao meu lado, debochando da forma como Marcela projeta sua insatisfação. Soares arqueia as sobrancelhas e se aproxima dela.

— Mar… mar… Marcela — entoa Soares, como se pudesse criar uma melodia apenas com o nome da garota mais popular da turma. — É isso mesmo, parabéns pela sua genialidade — debocha. Deixo uma gargalhada escapar da boca. — Sua dupla é Júlio, ou seja, preciso que vocês criem um personagem, deem um nome e um propósito a ele. Sem falar nas características principais e coisas incomuns.

— Uau, realmente *tudo* — digo. Soares se volta para mim com uma piscada de olho. Seus cabelos negros e cacheados ondulando sobre a cabeça. Ele é um dos poucos professores com quem me sinto bem para conversar sobre qualquer coisa, talvez seja pelo fato de ser apenas dez anos mais velho do que eu.

Sem que eu perceba meus olhos disparam para Edu, sentado três mesas à minha direita, ele está com o mesmo capuz de sempre cobrindo os cabelos e parece escrever alguma coisa em um caderninho.

— Mais alguma pergunta, senhores? — fala Soares fingindo cansaço. Todos respondem um belo *não* em voz alta. — Então é isso, bom trabalho a todos. Usem o tempo que resta em aula pra *converrrsar* com sua dupla. Qualquer dúvida, tô aqui.

Os alunos começam a se mover pela sala, mas Edu continua preso ao caderno. Minutos se passam até que eu finalmente vença o meu orgulho e caminhe até ele. Quando seus olhos encontram os meus, o sinal toca.

Maldito Mercúrio retrógrado.

2

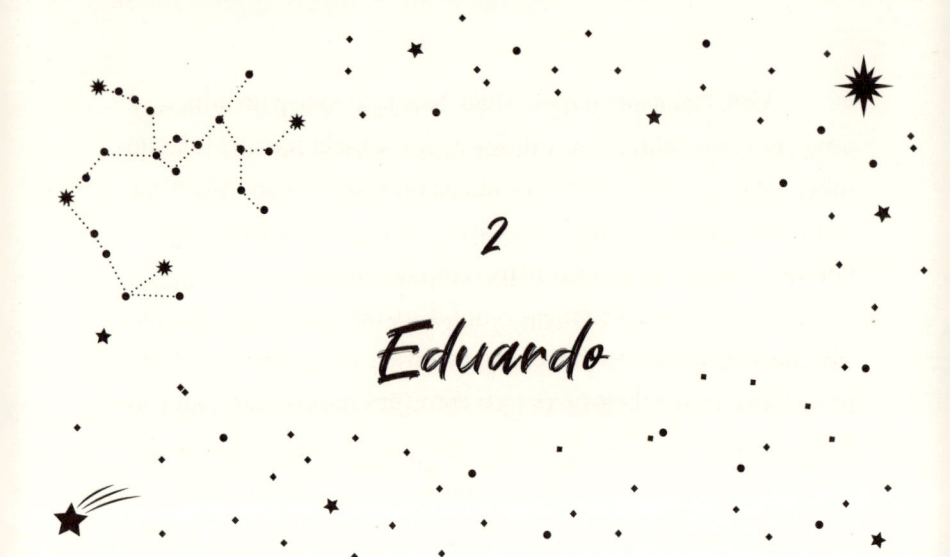

Eduardo

Ele caminha até mim de um jeito estranho, como se soubesse exatamente como me desconcertar. Continuo com os olhos presos ao caderno, tentando dificultar um pouco mais as coisas. Matheus começa a bater o pé direito repetidamente sobre o piso, buscando chamar minha atenção. Mais alguns segundos e ele vai se irritar. Isso sempre acontece.

— É… Oi? — chama. A voz soa tão baixa que tiro o capuz para tentar ouvir melhor. — Sei que tu não vai muito com a minha cara, porque na verdade metade dessa escola não gosta de mim, e eu tento parecer legal, mas na verdade não sou, porque você sabe como funcionam as coisas e…

— Calma — murmuro. — Fala mais devagar, atropelar as coisas não ajuda em nada. Parei de ouvir em "tu não vai muito com a minha cara".

Matheus estufa o peito e puxa uma cadeira. Olho a minha volta e a sala começa a se esvaziar.

— Tá, agora começa do zero — completo. Matheus resmunga, e meu olhar encontra o de Dani, a única pessoa com quem ainda converso na turma, que desaparece no corredor.

— Por que você acha que pode *exigir* alguma coisa de mim? — rebate, cruzando os braços depois de puxar um pouco da camisa colada ao peito. — Não é minha culpa o professor ter te colocado pra ser minha dupla. Acho, inclusive, um desrespeito.

Matheus tem um jeitinho todo diferente: é marrento, o tipo de garoto que revira os olhos quando não gosta de alguma coisa; usa camisetas divertidas e parece estar sempre procurando esconder seu corpo de olhares debochados. Além disso, ele não tenta ser adulto como os outros meninos que conheço. Com certeza é alguém por quem eu me apaixonaria, mas não digo isso a ele por questões óbvias.

— Não tô exigindo nada, só pedi calma. Não precisa sur-tar! — Minhas mãos se agitam freneticamente tentando explicar para ele que respirar é bom quando ficamos nervosos.

E me arrependo em seguida.

— Me perdoa — desabafa Matheus, uma linha de suor se formando na testa. Fecho meu caderno, guardo as canetas coloridas no estojo e pego a mochila embaixo da mesa. Sua voz soa triste agora. — A gente precisa fazer esse trabalho e, mesmo sabendo que tu não gosta muito de mim, quero passar de ano. Então, ou você finge que gosta da minha companhia ou faz tua parte do trabalho sem reclamar. E aí, o que vai ser?

— Eu gosto de você, Matheus — digo de uma vez. — A gente só não conversa muito. — Matheus me encara com dúvida. Está desconfiado e parece não acreditar nem em um por cento do que falo.

— Sei... — rebate com ironia. — Eu também não tô a fim de discutir isso agora, a gente precisa resolver esse trabalho. Dá pra usar o arquétipo dos nossos signos e ver o que funciona ou não nessa questão toda — argumenta Matheus, soando desconfortável.

Acho engraçado a forma como ele esbarra nos próprios pensamentos e deixa escapar o receio que tem de falar comigo. Não sei se Matheus se sente dessa forma por ter caído na brincadeira do primeiro dia de aula quando Fernandinho trollou ele e todo mundo riu ou se tem algo a mais que ainda não descobri.

— Posso ir na sua casa se você quiser — sugiro. O silêncio se movimenta a nossa volta como brisa à beira-mar.

— Tá, tá bem. Eu só preciso resolver algumas coisas antes — diz Matheus, que se levanta tão rápido que mal percebo. Ele passa a mão direita sobre os cabelos azuis, bagunçando-os. Depois pega um lenço no bolso da calça e seca o suor da testa. — Cê ainda tem alguma rede social ou é o tipo de garoto silencioso-com-uma-vida-privada que deletou todas no último ano? — provoca.

Eu bufo, irritado. Ele tá tirando uma com a minha cara?

— Sim, tenho redes sociais. Inclusive sou seu amigo em todas elas — rebato. Ele arregala os olhos, surpreso.

— Certo, então tá. — Matheus dá de ombros e sai da sala resmungando.

Qual é o problema dele?

* * *

Minha avó está tricotando quando abro o portão de casa e piso na grama recém-aparada do jardim. Ela abre um sorriso quando me vê, normalmente estaria preparando o almoço, mas está sentada debaixo de uma árvore sobre um velho banco de madeira.

— E aí, vó! — digo antes de dar um beijo em seu rosto. — Cê não tá com calor, não? — pergunto, tirando o casaco.

— Não muito, meu bem — responde enquanto puxa um pouco mais de linha de um rolo amarelo. — Como foi a aula?

— Tranquila — respondo. Ela semicerra os olhos e me observa por alguns segundos. — Tinha teste de química. Aquela bagunça toda de número de oxidação, ligação iônica e substâncias compostas — confesso.

— Não faço ideia do que seja isso — admite vovó, me fazendo rir.

— É algo importante, parece. Já almoçou?

— Já, eu e sua mãe cansamos de te esperar.

— Tive que resolver um esquema antes. Trabalho final — explico sem dar muitos detalhes.

Minha avó balança a cabeça, rindo.

— Que foi, Dona Luísa? — pergunto. Ela deixa o tricô de lado e se levanta.

— Cê tava beijando alguém, né? — sussurra ela.

Fico vermelho em resposta.

— Lógico que não, tô livre.

— Por enquanto — sugere, se afastando de repente.

Dona Luísa tem esse jeito desconfiado e uma mania feia de dizer para todo mundo que consegue ler o futuro.

— Ai, ai, vó... — é a única coisa que consigo dizer antes de subir para o quarto. Assim que abro a porta, me jogo na cama e fico deitado por alguns minutos sem fazer um movimento sequer.

Depois de um tempo, fecho os olhos e tento imaginar uma saída mais fácil para concluir a primeira parte da minha nova história. Esse é o meu terceiro livro, mais um que provavelmente será engavetado. Preciso fazer com que Alce e Luly escapem do planeta Amarelo e conquistem os territórios de Arcano. Mas o problema nisso tudo é que matei Alce em algum momento e esqueci que ele é a chave para ajudar Luly a descobrir seus poderes. Esse é o problema de escrever uma história e parar dezenas de vezes para procurar referências em filmes de ficção científica. Aliás, dizem que toda pessoa que sonha em ser escritor passa por algo do tipo. É um *sintoma* comum.

    Pego no sono e acordo um tempo depois com o celular vibrando. É uma mensagem de Matheus pedindo que eu o encontre amanhã. Respondo com um emoji de joinha e peço o endereço, mas no mesmo instante me arrependo. Por um momento, me pergunto onde ele conseguiu meu número até me lembrar de que somos da mesma turma e, consequentemente, do mesmo grupo de mensagens.

    Quando minha mãe me chama para o jantar, uma reportagem na TV rouba minha atenção: o Planetário no Ibirapuera terá novas atrações a partir do dia 24 deste mês.

    — Aumenta o volume, vó! — peço.

    — Teu lugar favorito, filho — comenta minha mãe enquanto minha avó aumenta o volume da televisão descontroladamente. — Lembra quando fomos lá pela primeira vez?

    Dou um gole no suco e respondo que sim.

    — Vó, tá bom já — reclamo.

    — Você pediu pra aumentar, mas não disse quanto — debocha vovó.

    O planetário é meu lugar favorito no Ibirapuera desde criança, talvez seja um dos lugares mais bonitos que já visitei. Não que eu goste da ideia de estar cercado por árvores e pessoas, muito pelo contrário, mas sinto saudade de visitar o museu e andar de skate.

    — Talvez a gente possa dar um pulo lá depois do dia 24? — pergunto, mesmo sabendo que isso provavelmente não vai acontecer. Minha mãe trabalha tanto que mal a vejo.

    — Claro... — concorda ela antes de pegar a última garfada de macarrão do prato.

    A resposta seca é a confirmação que eu precisava.

3
Matheus

E vamos de decepção.
Ele não vem e tenho certeza disso.
Edu enviou uma mensagem às 14h45 dizendo que estava quase chegando, são 16 horas e até agora nada. Talvez tenha se perdido, o que acho improvável, já que enviei meu endereço completo e todas as ruas pelas quais ele não deve passar, ainda pela manhã. A verdade é que Edu deve ter chegado à conclusão de que não somos uma boa dupla e está, neste exato momento, em uma ligação com o professor Soares. Suposições tristes demais para serem processadas rapidamente por um coração teimoso como o meu.

Tomo um banho rápido e encaro meu corpo no espelho. Sou gordo e essa é uma verdade que digo para mim todos os dias: *eu sou um garoto gordo e gay*. Meus braços são fortes e os ombros largos, tenho algumas estrias no lado direito da barriga e uma linha fina de pelos que vai do peito ao umbigo. Viro de costas e sorrio quando vejo minha bunda grande, só não gosto muito do meu pescoço fino e dos pés grandes. Minhas coxas são grossas e tenho uma pintinha no calcanhar esquerdo. Por mais que eu veja inúmeros defeitos, me sinto bem com meu corpo. Ou ao menos é o que tento pensar todos os dias, mesmo ouvindo tantas coisas ruins sobre mim em lojas, na escola e em restaurantes. Tenho a sorte de ter uma mãe incrível ao meu lado que não me cobra um corpo perfeito e muito menos me impede de comer. Já ouvi histórias de pessoas que são obrigadas pela família a perder peso desde cedo. Sem falar nas que são jogadas em uma academia só por estética, porque precisam se "encaixar" em um padrão pré-estabelecido. Dentro de mim está tudo bem, os outros que lidem com suas frustrações.

Me enrolo na toalha e sigo para o quarto, minutos depois visto uma cueca e caminho até a cozinha. Pego um copo d'água e pesco dois cookies de chocolate que minha mãe preparou antes de sair para o trabalho. Enquanto como, encaro o relógio antigo dos meus avós pendurado na parede, os ponteiros se movendo lentamente como nuvens no céu.

São 16h30 e nada de relevante aconteceu.

Observo o prato, agora vazio, e encaro meu rosto distorcido no vidro; olho novamente para o relógio e desisto. Vou até meu quarto e pego o celular.

Olho para a tela em busca de alguma notificação, mas não tem nada, o que é comum para alguém não tão popular como eu. Tenho certeza de que Edu resolveu me ignorar, ele é quieto demais e deve olhar o celular a cada oito horas só para escolher quais pessoas vai responder. E, obviamente, não sou uma delas.

Fico dividido entre enviar ou não uma mensagem para ele, mas desisto assim que ouço a campainha tocar. Corro até a porta e, pelo olho mágico, vejo Edu mexendo no celular como se estivesse prestes a perder a paciência.

— Oi — digo não muito empolgado, nem muito desinteressado. Edu ergue o olhar e me analisa por alguns segundos com as bochechas cada vez mais vermelhas. Engulo em seco e me afasto da porta. — Entra aí — completo. Mais uma vez seus olhos correm por meu corpo e um sorriso se forma em seus lábios.

— Cueca bonita.

Mordo a língua e olho para baixo.

MERDA!

MERDA!

Sabe aquele momento em que tudo parece estar errado e a única coisa que você pensa em fazer é sumir? Então, é exatamente isso que quero fazer agora. Tranco a porta e corro para o quarto deixando Edu sozinho na sala de estar. Não acredito que me esqueci de colocar meu short quando saí do banho. Aqui vai uma coisa importante sobre mim: se desastre tivesse um nome próprio, com certeza, seria o meu.

Quando volto para a sala, dessa vez vestido, Edu está sentado no sofá. Ao seu lado, uma pilha de roupas limpas que eu deveria ter guardado.

Matheus, qual é o seu problema?

Repito mentalmente, tentando encontrar uma maneira mais simples de pedir desculpas. Se antes Edu parecia não gostar de mim, imagine agora.

— Foi mal, sério. Esqueci que tinha que guardar isso — me desculpo sem nem mais saber por quê. Os tecidos abafam minha voz enquanto sigo para o corredor com a pilha de roupas nas mãos. Deixo elas no quarto da minha mãe e me olho no espelho antes de voltar para a sala.

— Foi mal pelo atraso — fala Edu. — Precisei resolver umas coisas pra minha vó — conclui antes de passar a mão na blusa azul-escura com uma estampa ilustrada de Poe e Finn de *Star Wars* abraçados. Balanço a cabeça sem deixar que qualquer outra emoção escape do meu rosto. Péssima desculpa.

— Sua casa é bem... bonita. — comenta ele tentando puxar assunto, o que provavelmente indica que está julgando as escolhas da minha mãe. Ela ama estampas, então a sala inteira tem pelo menos três modelos diferentes distribuídos entre sofá, poltronas e cadeiras. São três fotografias de astros de rock dos anos 1980 presas à parede, por quem meus pais eram apaixonados na adolescência, e duas bonecas de pano coreanas ao lado da TV que causam o maior impacto em toda e qualquer pessoa que as veja pela primeira vez; ninguém sabe se elas estão sorrindo, chorando ou prestes a ganhar vida.

— Valeu. Mainha é um pouco exagerada, mas já acostumei. Cê também vai — respondo. Edu faz uma careta, parecendo surpreso. — Em algum momento, eu acho.

— De boa, por onde a gente começa? — pergunta ele, colocando a mochila sobre o tapete.

— Pensei da gente criar uma história em quadrinhos — sugiro enquanto ele tira os tênis e se senta no sofá. — Tipo, não precisa ser algo elaborado demais. Eu posso desenhar e você...

— Escrever. Na verdade, pensar no roteiro — completa ele, me interrompendo.

— Isso, vai ficar legal. Qual teu signo?

Os olhos de Edu me encaram por um momento, ele não está esperando que eu faça alguma coisa, né? Fico confuso por alguns segundos e me levanto para pegar um pouco de água. Sei que preciso ser um pouco mais direto, mas não sei exatamente como me expressar. Tem algo em Edu que chama minha atenção, algo que ainda não descobri. Ele parece uma possibilidade, um caminho diferente em meio ao caos.

— Cê quer beber alguma coisa? — pergunto, seguindo para a cozinha.

— Água sem gelo — responde. Abro o armário e pego um copo. Quando volto para a sala, Edu está sentado no tapete com as pernas cruzadas como se estivesse praticando ioga.

Entrego o copo sem falar nada e bebo o meu lentamente, tentando deixar a situação o menos desconfortável possível.

— Então... — recomeça ele. — Eu não sei o meu signo. Na verdade, nunca me importei muito com isso — explica antes de me devolver o copo vazio.

— Cê quer mais?

— Não, valeu — sussurra, e um sorriso se abre no canto da minha boca. Eu deveria me controlar, mas não consigo. Esse jeito dele, a forma como reage às coisas que falo. É tão fofo! Sei que minutos atrás eu estava tentando ser mais racional, mas o sorriso dele me deixa bobo demais. E ele é o tipo de garoto que sussurra, como se estivéssemos sozinhos em uma floresta enquanto um vampiro se esgueira pelos galhos das árvores.

— Quando tu faz aniversário? — pergunto, enquanto levo os copos para a cozinha.

— Quinze de dezembro — responde ele animado da sala.

Coloco os copos dentro da pia e congelo quando percebo Edu se levantar e caminhar até a cozinha.

Qual a probabilidade dele ter nascido no mesmo dia que eu? O que tá acontecendo aqui?

— Algum problema? — diz ele se escorando na mesa de jantar. Tento pensar em uma resposta boa o bastante, mas não consigo. Finjo um sorriso e dou de ombros, mesmo que por dentro eu esteja prestes a colapsar com essa revelação. Aposto que isso daria uma boa história, é o típico clichê de fim de ano: dois garotos que nasceram no mesmo dia e estão destinados a viver uma véspera de Natal perfeita sem a família em uma cidade desconhecida. Pode apostar que estará em cartaz em breve.

— Tá tudo bem, é que eu faço aniversário em dezembro também. Dia 15, pra ser mais exato — conto. Edu leva a mão à boca, exageradamente surpreso.

— Eita, não fazia ideia... Não ligo muito pra aniversários, então quanto menos pessoas souberem, melhor pra mim. — explica. Me afasto da pia e caminho em direção à sala. Depois do choque inicial, preciso pensar em uma desculpa para continuar a conversa. A maneira como ele reage à situação me deixa com o coração quentinho.

— Somos sagitarianos, agora a gente só precisa descobrir qual tipo você é — digo, ligando a TV. Não sou muito bom com o silêncio, então se tiver ao menos um barulho de fundo já fico feliz.

Edu volta para o sofá e se perde nos próprios pensamentos.

— Não sou muito bom nessas coisas, tipo, tem alguma história que cê possa me contar? Algo que me ajude a, sei lá, entender qual é a de um sagitariano?

Pelo pouco que conheço dele, sei que vai gostar de uma história mais didática, e isso me deixa feliz, porque sempre esperei por esse momento: usar a minha série de livros favorita para falar um pouco mais sobre signos.

— Tá, vê se me acompanha... Sagitário é um signo representado por uma seta, mas a ideia antiga é de um centauro com arco e flecha na mão. Igualzinho ao Quíron de *Percy Jackson*, sabe? — Edu balança a cabeça, os olhos fixos em mim. — Então, aí na mitologia grega dizem que essas criaturas meio que representavam a violência e o jeito grosseiro dos homens. Mas tem o Quíron e ele era um centauro bom, até lutou com Hércules contra outros centauros.

— Essa é a característica de sagitário então? Ser grosso? — cochicha Edu colocando a mão no queixo. Bom, agora ele se parece muito mais com o Matt Bomer do que eu imaginava.

— É isso aí, tipo, você pode pesquisar em qualquer site que vai encontrar sempre a mesma descrição: "uma pessoa forte, aventureira e até mesmo grosseira."

— Por isso que tu é assim, meio bravo? — ironiza, me deixando irritado. Eu sei o que ele está fazendo, minha mãe faz isso o tempo todo: joga as minhas próprias palavras contra mim. Mas minha única vontade agora é lançar uma almofada em Edu e fazê-lo rir.

— Continuando... — falo, tentando não revirar os olhos. — A gente é do elemento fogo e geralmente somos generosos e otimistas com as coisas. Também tem aquela questão de sermos bem políticos.

— Tá, mas é meio esquisito. — Semicerro os olhos. — Eu não sou tão otimista assim, nem muito político. — Sei que está mentindo, consigo ver o sorriso se formando nos seus lábios enquanto ele se controla ao máximo para não deixar escapar. Ai, ai... — Enfim, a gente já sabe por onde começar. Tenho umas ideias anotadas aqui.

Edu pega o celular e digita sem olhar para a tela.

— Pensei em algumas coisas também, mas tá tudo no meu computador — explico.

— Pega ele pra gente pensar junto então.

— M-meu computador fica no quarto, n-não tem como trazer pra cá — gaguejo.

Edu guarda o celular no bolso e abre um sorriso.

— Bom, então acho que você vai ter que me levar pro quarto. — Me assusto com a sua resposta, mas ainda assim me divirto. Edu é mais atrevido do que eu imaginava.

O caminho até o quarto é um dos momentos mais desconfortáveis do dia. Não sei exatamente o que fazer quando Edu se senta na minha cama e fica cantarolando uma música que não conheço enquanto ligo o computador. É engraçado pensar nisso, porque até ontem eu não me imaginava conversando com ele e agora ele está sentado na minha cama como se já fizesse parte da minha vida há anos.

— Pronto. Pega aquela cadeira ali — digo, apontando para a cadeira reserva ao lado do guarda-roupas. — Ela não é muito confortável, mas é melhor que nada. — É a única desculpa que consigo dar enquanto tento me acalmar. Parecia divertido quando ele deu a sugestão, mas agora sinto como se todas as partes do meu corpo gritassem por socorro. Será que é assim que as pessoas se sentem perto do Michael B. Jordan?

Senti como se fosse surtar.

— Pra mim tá de boa — responde baixinho.

Coloco a senha e espero o computador carregar todos os aplicativos. Quando abro o navegador, um *pop-up* de mensagem do dia pula na tela.

Temos uma mensagem especial pra você!
Não duvide do que sente, Matheus, é importante manter-se nos trilhos quando o caminho é incerto. Dia propício para novas relações e trocas harmoniosas com pessoas fora do seu círculo. Atente-se para respeitar o espaço do outro e controlar a maneira intensa com que lida com as coisas. Não exagere e não se imponha tão facilmente.

— Droga — resmungo. Já não basta ele fazer aniversário no mesmo dia que eu, o universo ainda está me dizendo que esse garoto apaixonado por *Star Wars* pode se tornar algo importante na minha vida? E preciso *respeitar* o espaço dele? Tudo bem, vou respirar. Preciso ficar mais calmo, talvez esses sinais que ele tem dado não sejam bem o que eu estava pensando.

— Que foi? — murmura Edu. Clico em "fechar" antes que ele perceba a mensagem indicando que provavelmente o nosso *hoje* estava escrito há algum tempo.

— Nada não — disfarço, tentando mudar o foco. — A gente nasceu no mesmo dia, mas se for ver, somos bem diferentes. O que tu acha de criarmos primeiro os personagens e depois desenvolvermos uma história pra eles? — sugiro, já digitando *sagitário + arquétipo* na busca.

Edu franze a testa.

Em outro momento eu diria que ele ficou confuso com a minha ideia, mas agora só consigo pensar em como ele é bonito. Mentalmente estou explodindo, porque não sei exatamente como me comportar perto dele. É esquisito ao mesmo tempo que é interessante. E esse pensamento derruba toda e qualquer mensagem que o universo esteja querendo me passar.

— Prefiro pensar na história primeiro, acho mais fácil de organizar as coisas. Eu já tinha pensado em um enredo, olha só. — Edu toca meu braço, e eu me afasto em seguida. Ele ignora a minha reação e assume o computador, abrindo um novo documento em branco. — Gosta desse título? — pergunta, chamando minha atenção.

Encaro a tela sem saber exatamente o que responder. Então leio em voz alta.

— *Como (não) se apaixonar em um fim de semana.*

4
Eduardo

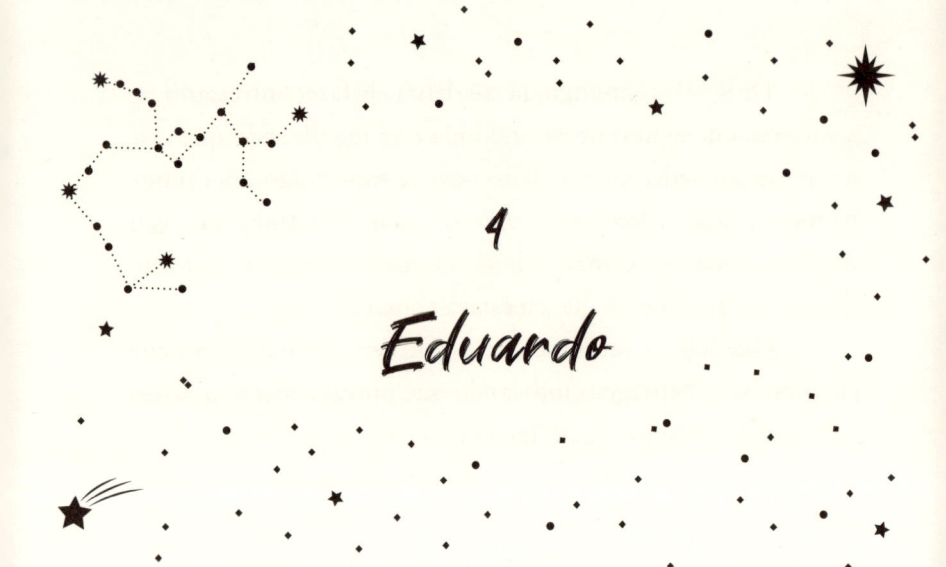

Ele lê o título pela segunda vez e logo fica em silêncio. É nesse momento que começo a pensar em coisas que normalmente não pensaria: no seu sorriso, na maneira como agita as mãos quando começa a falar e em como fica envergonhado quando não sabe o que responder.

— O que acha do título? — pergunto novamente já que ele não me responde; fico pensando se não fui muito idiota na escolha do título, talvez tenha deixado ele desconfortável. Não sei, mas respiro fundo tentando controlar a minha ansiedade. Já, já vou começar a ranger os dentes de nervoso.

— Gostei — diz Matheus, esbarrando no meu ombro. — Desculpa — completa, atrapalhado. Não preciso esperar muito para que meu corpo responda; é engraçado pensar em como o simples toque de alguém, mesmo que bobo, consegue causar algum efeito na gente. É nesse momento, que parece se estender por mais tempo do que consigo imaginar, que meus olhos percebem suas bochechas forçarem um sorriso. Seu rosto tem traços marcantes, bem delineados.

— Tranquilo — respondo, tentando aliviar a situação que ficou esquisita de repente. — Dá pra fazer um roteiro simples, a gente cria dois personagens em vez de um e mostra eles se conhecendo e se descobrindo — explico, sem olhar diretamente para ele. — Aí depois a gente vê qual seria o melhor final pra história. Pelo menos já dá pra ter uma ideia de como vai ficar.

— Tipo a gente — diz Matheus, e eu começo a hiperventilar. Ele está realmente pensando a mesma coisa que eu? Coloquei esse título porque queria acalmar os ânimos, fazer algo além de concordar com as escolhas dele. Foi a primeira coisa que veio a minha cabeça. Eu só não esperava que ele estivesse se sentindo assim também, como se o mundo tivesse parado só pra nos ouvir. Meu coração começa a bater um pouquinho mais rápido só de imaginar essa possibilidade.

— É, vai ser tipo a nossa história. — Ele me olha desconfiado quando repito as suas palavras com a voz trêmula. — A gente não se conhecia muito bem até hoje, estudamos na mesma turma tem um bom tempo e só agora que a gente resolveu se falar — corrijo.

— Na verdade, eu já tentei conversar com você antes, mas parece que cê não foi muito com a minha cara — rebate Matheus. Fico incomodado com o comentário, mas ignoro. — Foi bem na época que mudei pra São Paulo, quando eu ainda não sabia como me dirigir às pessoas e, principalmente, a *você*. — Lembro quando ele se sentou na mesma mesa que eu no refeitório e tentou puxar conversa. Todos os meus amigos o encararam tentando entender, ele começou a falar de um jeito estranho, como se me conhecesse, quando na verdade era o contrário. E eu, é claro, fingi que não estava ouvindo. Muito mais pelos olhares de julgamento dos meus amigos que diziam *"Como assim você conhece esse cara?"*, do que por qualquer outra coisa.

— Tá, então pode ser assim? Um roteiro não muito complexo, mas também não muito básico? — sugiro para Matheus. Ele se levanta e abre o guarda-roupas. Quando penso em perguntar o que vai fazer, ele me entrega uma caixa de papelão. Pego sem questionar, e dentro dela há canetas coloridas e folhas em branco.

— Vou tentar um esboço rápido aqui, tá? — comenta ele. Eu só balanço a cabeça, concordando, enquanto ele se debruça sobre as folhas. Suas mãos se movem rapidamente sobre o papel, como se fosse um tipo de mago que desenha runas e esse tipo de coisa. Em poucos minutos ele tem um esboço dos dois personagens.

— Eles são iguais! — digo assim que termina. Eles *não são* iguais, mas é fofo ver como fica surpreso com a minha resposta. Matheus é talentoso, talvez o garoto mais talentoso que já vi. Pode parecer idiota, mas quanto mais olho pra esse desenho mais penso em como o verdadeiro brilho das pessoas está no que elas mais amam fazer.

— Na verdade, não. Se tu olhar bem pra eles vai ver que têm algumas diferenças, tipo um cabelo mais curto, as sardas na bochecha. — Matheus explica, me entregando a folha rabiscada. — A gente pode mostrar essas diferenças bem leves na forma física e fazer uma relação com qualidades e defeitos de cada um quando formos traçar as personalidades a partir do signo.

— Ah! Saquei, você mandou muito! — elogio. Matheus abre um sorriso com o canto da boca. — Aí eu entro com os diálogos e o restante da história.

— Isso aí — fala, ainda tímido. — Tá escuro, né? — Meu olhar cruza o quarto, até então não tinha percebido que o sol já havia se posto. Matheus se levanta para ligar a luz e me dou conta do horário. São quase sete da noite, preciso ir para casa.

— Minha vó vai... — começo a falar, mas um trovão me assusta. Fecho os olhos e coloco as mãos nos ouvidos. Meu coração dispara, batendo tão rápido que paraliso. Tento me acalmar, e do nada Matheus começa a rir.

— Cê tá com medo? É só uma chuva! — fala Matheus. Seu comentário é o tipo de coisa que odeio, então fecho a cara. Não pelo que ele falou, mas *como* falou. Já ouvi isso muitas vezes.

— Muita gente tem medo, sabia? — respondo sem olhar para ele, mas percebo o leve movimento dos seus lábios. Como se fosse pedir desculpas, como se tentasse voltar no tempo para consertar o que fez de errado. Algumas coisas podem parecer bobas ou óbvias demais para algumas pessoas, mas isso não significa que elas não sejam importantes para alguém. — Tenho que ir.

Assim que levanto começa a chover. E não são pingos normais como se espera de uma simples chuva, são gotas grossas e violentas que sei que vão inundar a cidade. Vou até a janela para avaliar a situação. Encaro as gotas d'água, a forma como dançam sobre o vidro, e não percebo o anúncio de um novo trovão. Solto um grito, e então tudo se transforma em silêncio. Quando me acalmo, abro os olhos e sinto seus braços em volta dos meus. Matheus está me abraçando e eu não sei o que fazer. Eu poderia falar sobre como é bom sentir seu corpo próximo ao meu, como, por mais rápido que seja, consigo sentir sua respiração no meu pescoço. Mas estou irritado demais para isso.

— Desculpa... É... Não... Sério... Foi mal de verdade, não sei o que tô fazendo — ele gagueja, e eu me afasto, confuso. Meu coração está batendo tão rápido que nem sei. É estranho pensar em como ele consegue me acalmar; engulo em seco e tento formar um sorriso no rosto, mas não consigo. Estou surpreso demais para isso.

— Me deixa, já falei que tenho que ir — respondo sem pensar, ignorando qualquer outro pensamento fofo que possa invadir a minha mente. O ar a minha volta parece pesado demais, então me apresso. Matheus caminha até a porta e não preciso olhar para ele para saber que ficou chateado. Eu não quis dar o troco... Só aconteceu. É a reação que qualquer pessoa teria. Mas não sei como resolver, então só pego minha mochila e amarro o cadarço dos tênis escorado no sofá.

— Mainha?? É... Oi? — diz Matheus ao abrir a porta. Levo um susto quando vejo o olhar surpreso da mulher parada no corredor e me desequilibro, batendo com a bunda no chão. — Que tu tá fazendo em casa essa hora?

A mãe do Matheus entra e o beija no rosto.

— Esse é o Edu — emenda ele. Sorrio querendo chorar. A verdade é que estou completamente nervoso, o que ela vai pensar? Que eu sou o novo namorado dele? Algum garoto que ele trouxe para casa pra... — Eduardo. Um colega da escola, a gente tá fazendo o trabalho final de Literatura — a voz trêmula de Matheus interrompe meus pensamentos.

— Muito prazer, Edu. Sou Janaína. — Sem que eu perceba, ela me puxa para um abraço. E é estranho pensar que esse tipo de carinho é incomum lá em casa, não lembro quando foi a última vez que minha mãe fez isso. — Já comeram? — pergunta ela, colocando a bolsa no sofá. Meus olhos encontram os de Matheus. Ele parece nervoso, mas também um pouco envergonhado com a atitude da mãe.

— Prazer, Dona Janaína. Ainda não — respondo, tentando parecer mais formal. É a minha única chance de que ela tenha uma boa *segunda* impressão, já que deve estar pensando em mil outras coisas depois de ver a cara de surpresa que o filho fez quando a viu. Até parece que a gente estava fazendo algo de errado.

— Ainda não — repete Matheus, desviando o olhar. — A gente tava fazendo o trabalho e aí começou a chover.

— É, inclusive eu tenho que ir embora — completo. — Desculpa qualquer coisa — digo, me aproximando da porta. Não preciso olhar para Matheus para saber que está me olhando torto.

— Mas já? Eu acabei de chegar! — brinca Dona Janaína, aumentando o volume da TV.

— *As vias estão congestionadas e alguns corredores de ônibus, sem acesso. A situação da cidade é alarmante* — fala o jornalista, enquanto imagens das rodovias e principais avenidas da cidade aparecem ao vivo na tela da TV.

— Putz! — sussurra Matheus, e eu mordo a língua. Só me faltava essa!

— Não acho que seria uma boa você sair agora, Edu — recomenda Janaína com carinho na voz. — Se quiser, posso conversar com sua mãe. Você dorme aqui e vai embora amanhã cedo.

— Não sei, talvez seja melhor ir mesmo assim. — Matheus dá de ombros quando ouve minha resposta. Uau, ele realmente me quer fora daqui. Nenhuma surpresa já que ainda deve estar chateado comigo pela situação no quarto. — Minha vó tá sozinha.

— Querido, deixa disso. Me dá o número da sua mãe.

Eu cedo e depois de dois toques minha mãe atende, Janaína coloca no viva-voz e ouço toda a conversa. Não quero ficar aqui porque me sinto um pouco estranho, estou invadindo o espaço dele e parece que forçando algo entre a gente. Ao mesmo tempo, sei que estar em casa não vai fazer com que eu me sinta melhor. E tudo bem, talvez eu queira abraçar ele mais uma vez, só não esperava que isso fosse acontecer em um momento tão difícil para mim. Odeio sentir medo do desconhecido. Mas a verdade é que esse simples gesto de carinho mexeu demais comigo e tenho receio de não saber direito como lidar com ele.

— É isso então, tá tudo resolvido. Vou preparar o jantar — anuncia Janaína, indo para a cozinha.

* * *

Fico em silêncio enquanto Matheus coloca um pouco de arroz, frango e batatas no prato. Ele está sentado na ponta da mesa e Janaína na minha frente. Estou mais calmo, mas ainda tentando entender o que aconteceu no quarto. Lá no fundo eu sei, mas não consigo pensar nisso agora. Como um pouco, não do jeito exagerado como faço em casa. Matheus e a mãe trocam olhares e consigo perceber o carinho entre eles, o respeito e também a confiança.

Eles são tipo uma unidade, extremamente parecidos. Matheus tem olhos castanhos e o cabelo da cor do céu em uma noite estrelada que contrasta com suas sardas nas bochechas. Janaína tem longos cabelos escuros, sobrancelhas finas e um sorriso bem bonito. É meio doido analisá-los assim, mas é porque a relação entre os dois é muito diferente da que tenho com a minha mãe. Desde que meu pai morreu, não sei como conversar com ela. A gente se afastou muito e, às vezes, parece que somos mais colegas, conhecidos, do que mãe e filho. Tem a minha vó, que está sempre comigo, mas por mais que eu a ame, queria que minha mãe tentasse fazer um pouquinho do que ela faz por mim. Já me esforcei para fazer a nossa relação dar certo, mas quanto mais eu tento, pior fica. Parece que entre mim e minha mãe há um muro imenso que nenhum dos dois tem coragem de derrubar.

— Vou ao banheiro, já volto — anuncia Matheus antes de deixar a mesa com o prato ainda pela metade. Janaína me olha e abre um sorriso.

— Você gosta de sorvete? — Decido jogar a real logo e aceito sem pensar duas vezes. — Se quiser ir pra sala, eu levo pra você. — Me sento no sofá e olho para a janela. Ouço os raios e trovões "sussurrarem pras nuvens", como dizia meu pai. É engraçado imaginar o quanto essa frase faz cada vez mais sentido, ele sempre cantava ela para mim quando eu me escondia na cama para fugir do barulho. Ele também falava que logo depois de um raio, vinha um trovão. Uma lembrança de que mesmo na luz sentimos medo. Acho que ficaria feliz em saber que, onde quer que esteja, seu filho jamais se esqueceu de quem ele foi enquanto estava vivo.

5
Matheus

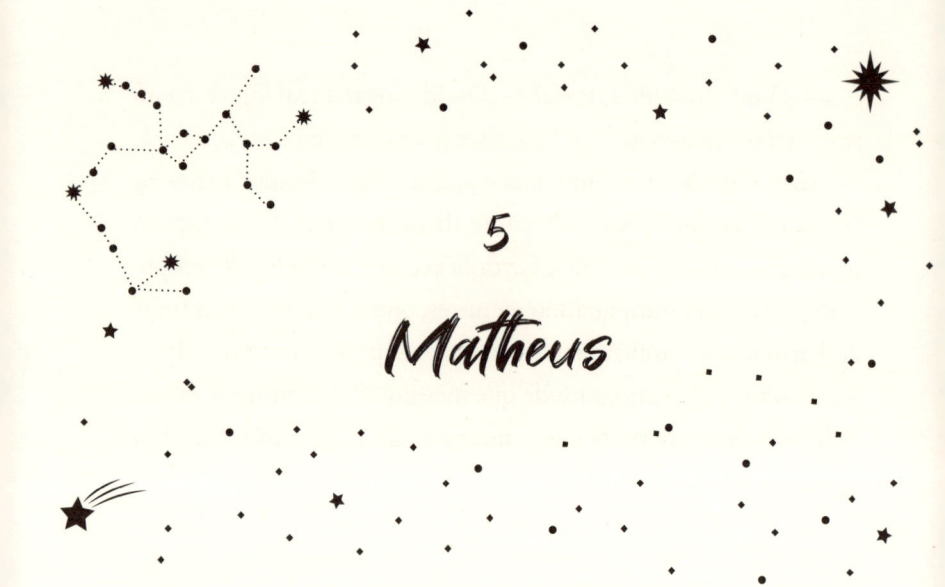

Deixo minha mãe e Edu sozinhos por um tempo, só preciso de alguns minutos para entender o que está acontecendo. Encaro meu cabelo, todo bagunçado, no espelho do banheiro. Ajeito alguns fios, respiro fundo e percebo o suor embaixo do braço. Sem pensar, pego o desodorante e tomo um *banho* de perfume. Estou nervoso. É estranho pensar que Edu está jantando com minha mãe como se tivesse vindo até aqui só para conhecer ela. Será que mamãe está pensando que ele é meu namorado ou algo do tipo? Não, ela não pode pensar nisso. Então me apresso e volto para a cozinha. Quando me aproximo do corredor, vejo os dois rindo, como se fossem melhores amigos, assistindo a um episódio de *Charmed*. Minha mãe é viciada nessa série tem alguns anos e insiste em apresentar a qualquer um que venha aqui. Inclusive meu tio. Que assistiu a todas as temporadas com ela mais de três vezes.

Ainda não sei bem como pedir desculpas a Edu pelo abraço de mais cedo; acho que nem eu, nem ele, conseguimos lidar direito com isso. É uma sensação estranha porque eu sei que gosto de meninos, mas não sei como ele se sente em relação a isso. Tenho medo que pense que sou um aproveitador ou algo do tipo. Também tenho medo de virar assunto entre os amigos dele.

— Quer sorvete? — pergunta minha mãe assim que apareço no corredor. Edu segue seu olhar e balança o pote para mim.

— Não, valeu — respondo sem dar chance para que ela pergunte pela segunda vez. Os olhos verdes de Edu acompanham minha resposta, estou decidido a resolver as coisas de uma vez por todas.

— Edu — chamo, agora com a voz mais tranquila e relaxada. — A gente podia voltar pro trabalho, né? Assim fica pouca coisa pros próximos dias. — Edu olha para minha mãe e dá de ombros, ela pega o controle da TV e pausa a série.

— Depois a gente continua — murmura ela depois de levantar o olhar para mim. Provavelmente está tentando entender o porquê de eu estar agindo assim. — Vou lavar a louça e limpar um pouco a casa, fiquem à vontade.

Edu me segue até o quarto batendo a colher no pote quase vazio de sorvete. Me apresso e ligo a luz, sentando em frente ao computador em seguida. Meus dedos se movem lentamente sobre o teclado, como se estivessem tentando criar uma melodia qualquer.

— Tava bom? — pergunto com medo de atrapalhar. Me sinto um estranho na minha própria casa, será que ele sabe o efeito que causa em mim e por isso faz essas coisas?

— Sim, é meu sabor favorito — responde ele com a boca cheia. Tento não olhar, mas falho miseravelmente e meus olhos disparam para o seu rosto. Eu poderia colocar uma música, não sei. Então abro minha playlist favorita e coloco no aleatório.

— Sua mãe é muito legal, queria que a minha fosse assim também.

Abro um sorriso e me viro para ele, um pouco sem jeito porque nunca pensei dessa forma sobre a minha mãe.

— *Cinquenta tons de cinza*, hum? Não sabia que você gostava. — Congelo e logo paro a música. Pelo amor de Deus! Eu jurava que tinha tirado "Earned It", do The Weeknd, dessa playlist.

— É... — digo envergonhado. Ele sorri e coloca mais uma colher de sorvete na boca. — Mainha é incrível mesmo. A gente briga às vezes, mas nos damos muito bem. — Continuo tentando ignorar o que aconteceu segundos antes. Ele balança a cabeça, assentindo. — Ei, olha aqui. — Levo a mão até seu rosto. — Tá sujo — falo passando o dedo no canto da sua boca. Edu arregala os olhos, surpreso. Eu não sei por qual motivo fiz isso e sinto que vou explodir de vergonha a qualquer momento. Primeiro uma música da trilha sonora de *Cinquenta tons de cinza*, agora isso.

— Valeu — ele agradece, e tento mudar de assunto. As coisas estão estranhas demais. — Será que a gente consegue terminar esse trabalho a tempo? Tava pensando que parece muita coisa pra poucos dias, não sei. — E leva a última colherada de sorvete até a boca.

— Cê acha que consegue terminar esse sorvete antes da meia-noite? Ajudaria bastante no trabalho — brinco.

— Já acabei, ó! — comenta me mostrando o pote vazio e rindo.

Quando a gente volta para o trabalho, Edu troca de lugar comigo: ele foca no roteiro enquanto eu tento encaixar minhas ideias de desenho e formatos no papel. Tento me manter fiel à ideia original, desenho os dois personagens e vou fazendo as divisórias dos quadros. De vez em quando olho para o computador e vejo

Edu planejando os perfis de cada personagem; ele é rápido e parece ser bom no que faz.

Uma hora depois estamos com a primeira parte pronta.

— Acho que esse primeiro rascunho tá perfeito! — digo, empolgado, depois que Edu o lê para mim. — Você conseguiu colocar bem as características de sagitário, tipo, qual o nome desse personagem mesmo? — pergunto, tentando decifrar a fonte que ele escolheu para o arquivo.

— É o Fred — conta Edu, orgulhoso. — Pera, você tá zoando a fonte que escolhi. É isso? — Dou uma risadinha sem mostrar os dentes. — Qual é, Comic Sans é uma fonte bonita. Você não gosta? — questiona revirando os olhos e alterando para Times New Roman.

— Putz, bem melhor — debocho. — Então, como eu tava falando. O Fred tem esse jeitão mais individualista, né? Ele curte estudar bem mais que o Henrique, que é um cara mais aventureiro.

— Isso. E o Henrique tem um charme a mais, ele também é o tipo de menino que gosta de demonstrar amor, mas quase nunca cai naquela cilada de demonstrar primeiro.

— Tá, e como a gente vai fazer eles se conhecerem? — pergunto, retomando o roteiro original. Edu me explica o que pensou. Ele quer basicamente que os dois garotos se conheçam na sala de aula, mas de alguma forma tudo dá errado porque um deles está com vergonha de chegar até o outro por medo de virar piada na escola. Até que surge uma reviravolta e eles são obrigados a trabalhar juntos.

Continuamos trabalhando assim por algumas horas. Do lado de fora, a chuva volta a cair e isso me deixa um pouco mais feliz. Gosto desse barulho incessante e dos raios brilhando dentro das nuvens. Se alguém perguntasse qual o meu momento favorito de uma noite chuvosa, com certeza seria esse.

— Acho que terminei, dá uma olhada — pede Edu. Ele levanta da cadeira e senta na cama, tento ler o mais rápido que posso e quando termino começo a aplaudir.

— Eita, ficou muito bom! Cê mandou bem demais. Mas pera... — comento, encarando a última cena do roteiro. Está em branco. — O que cê pensou pro final? Não vai ter nada?

— Acho que a gente pode ver isso depois — Edu fala tranquilamente, e me pergunto se ele chegou a pensar em algo.

— Você sugere que a gente faça o que enquanto isso? — pergunto e imediatamente me arrependo. Sinto minhas bochechas queimarem quando Edu semicerra os olhos e sorri com o canto da boca.

— Não sei, você consegue pensar em alguma coisa que envolva nós dois?

Engulo em seco e mordo o lábio. Edu começa a rir quando percebe o meu nervosismo. Minha reação foi tão ruim assim?

— Posso ver teus desenhos? — Edu muda de assunto. Levanto a sobrancelha, desconfiado. Não gosto muito de mostrar meus desenhos, principalmente quando ainda precisam ser finalizados. Mas deixo essa mania de lado e entrego as folhas rabiscadas. Edu analisa por mais tempo do que eu gostaria, como se tentasse decifrar os códigos que me fizeram chegar àquele resultado.

— Eu poderia fazer mil elogios aqui, mas acho que não preciso — diz Edu, me devolvendo as folhas.

— Uai, por que não? — pergunto, um pouco triste. Na verdade, não sei lidar muito bem com elogios, então só estou fazendo drama mesmo. Edu ri e eu fico todo bobo.

— Tu é bom e sabe disso, não preciso ficar repetindo — explica. — Sigo teu perfil de desenhos tem uns meses e tudo que tem lá é profissional. Se o Soares não der um dez pra gente com certeza vai ser por causa do roteiro.

Meu perfil de desenhos é privado atualmente, não fazia ideia que Edu me seguia por lá.

— Ou do signo! — completo. — Na verdade, eu ia falar que sagitário é um dos melhores.

— Já falei que não sou bom nessas coisas, mas me conta uma coisa ruim do nosso signo. Tipo, até agora a gente só colocou uns negócios positivos na história. Tem que ter um defeito — Edu fala com certa curiosidade.

Olho para a tela do computador e digito sagitário na busca, abro um site especializado em astrologia e dou uma lida.

— Aqui diz que somos muito críticos, rudes, teimosos e bem descontrolados.

— Então eu só fiquei com as coisas positivas do signo, não sou descontrolado. A parte ruim deve ter ficado pra você — comenta Edu. Dou um soquinho no braço dele, brincando.

— Tu tá se doendo demais, até que você não é rude. Talvez só teimoso!

Começo a rir, não sei exatamente o que responder, mas sei que ele está tentando ser legal comigo e isso é bom. Uma leve batida na porta quase me faz cair da cadeira.

— Filho? — Minha mãe abre a porta e coloca só metade do corpo para dentro do quarto. — Já vou dormir, tá?

— A gente já tá acabando aqui, mãe — respondo.

— Só queria dar boa-noite e entregar esse cobertor. — Ela coloca um cobertor antigo de flanela na cama. — Tem lençol limpo no teu guarda-roupa.

Edu vai dormir no colchão extra que fica embaixo da minha cama; não é tão macio quanto o meu, mas serve.

— Obrigado, Jana — agradece Edu.

Calma. Ele chamou ela de JANA?

— Boa noite, meninos. Durmam bem — minha mãe se despede e fecha a porta, nos deixando sozinhos de novo.

* * *

Fico olhando para o teto assim que desligo a luz. Edu está quieto enquanto coloca o pijama que emprestei. Tenho a mania de dormir só de cueca, mas acho um pouco cedo para esse tipo de coisa. Então me contento com um short estampado com o rosto do Chris Evans várias vezes. E do nada ouço um sussurro.

— Que foi? — pergunto.

— Nada, só tô rezando. — Ele não consegue me ver, mas confesso que estou bem surpreso, não sabia que Edu era religioso. — É normal lá em casa, faço isso desde criança. Cê acha estranho?

— Não, só fiquei curioso mesmo. Aqui em casa a gente não tem uma religião, por isso é diferente pra mim — explico e me viro para o lado.

Edu gira o corpo e, mesmo no escuro, sei que está olhando diretamente para mim. Não preciso esperar muito para o silêncio tomar conta do que segundos antes era uma conversa normal.

— Preciso encontrar um apelido pra você — fala Edu, baixinho.

— Tá falando isso só porque te chamo de Edu? — pergunto, lembrando que nunca tive um apelido que não fosse pejorativo ou que durasse mais que duas semanas.

— É, tipo, a gente nunca se falou antes e agora eu tô dormindo na sua casa e você me chama de Edu e tá sendo bem legal comigo. Valeu — agradece depois de um longo suspiro.

Fico quieto sem saber como responder. Eu não fui tão legal assim com ele, inclusive me lembro de ter sido um pouco grosseiro quando conversamos na escola. Mas preciso parar de pensar nisso. Minha cabeça está cheia de ideias estranhas neste exato momento, principalmente negativas. Mas não quero entrar nessa espiral de achar que ele só está sendo legal comigo porque não pode ir para casa. Odeio me sentir assim. Inquieto, me escoro na parede, e do nada sinto uma vontade absurda de começar a falar.

— Acho que a gente precisa conversar — falo com certo nervosismo. Poucas vezes na vida tive atitudes como essa, de tentar entender os meus sentimentos e os da outra pessoa sobre mim. É algo que evito sempre porque faz com que eu me sinta mal, um pouco perdido. Mas preciso tentar. Ouço Edu se levantar na mesma hora. — Tipo, não é nada sério! Fica de boa, mas queria que a gente conversasse um pouco.

— Tá bom, pode falar — responde ele, me dando espaço.

Respiro fundo, buscando a frase certa para começar. Sempre achei que Edu não gostasse de mim, porque eu realmente tenho essa mania de achar que as pessoas não gostam tanto assim de mim. É uma defesa natural, eu acho. Mas o dia de hoje provou algo diferente, em nenhum momento me senti menos. Muito pelo contrário.

— Aquele dia, na escola, quando o Soares passou o trabalho, fui um pouco babaca com você — falo para Edu enquanto ligo a luz. — E queria explicar por que fiz isso.

— Ah... — É o único som que ele emite.

— É que parece que tu é todo popular, sempre tá cheio de amigos e a gente nunca se falou direito, e aí o Soares colocou a gente de dupla no trabalho e eu...

— Gênio, calma — pede Edu, me interrompendo. — Respira.

— Por que você tá me chamando de *gênio*? — pergunto, sem entender.

— Porque não encontrei outro apelido e teu cabelo azul me lembra o gênio do *Aladdin* — explica Edu, de um jeito fofo. — E, olha, eu não te odeio. Sério.

— Você não me odeia? — pergunto, chocado demais para aceitar.

— Ué, não. E tô sendo bem sincero, viu? Se a gente estivesse mais aberto um pro outro, tudo teria sido diferente. E sabe aquela coisa de "ai, as pessoas mudam com o tempo"? Então, foi o que rolou comigo — completa Edu, enquanto eu encaro a parede.

6
Eduardo

A verdade é que sou mais na minha, não tenho muita liberdade com as pessoas e na escola é sempre cansativo demais ser legal o tempo todo. Então me afastei de muita gente e hoje prefiro andar sozinho. Todo mundo tem essa ideia de que precisa ser amigo de geral para se destacar, só que não é assim. O Edu do passado conseguia ser popular e o centro das atenções, mas o Edu de hoje tem muita coisa para resolver dentro dele mesmo.

— Cê tá me zoando? — fala Matheus. — Um garoto como você raramente daria atenção pra mim.

Acho engraçada a forma como ele responde quando sou sincero: eu estou aqui me abrindo do jeito mais besta possível e ele ainda acha que está sendo zoado. Quanto mais Matheus reage assim, mais sinto vontade de gritar com ele e dizer que é um dos garotos mais bonitos que já vi e que sinto vontade de beijá-lo, mas me controlo.

— *Raramente daria atenção para mim?* — debocho, imitando a sua voz. — Qual é, larga disso.

— É, um garoto tipo eu, acima do peso... *Gordo*. Que usa roupas de super-herói e só coloca os óculos quando sai da escola porque odeia a armação que a mãe comprou.

A forma como Matheus fala me machuca e eu meio que começo a pensar em formas de resolver a situação. Mas qualquer coisa que eu *pense* agora parece errado, então só digo algo que venho guardando comigo o dia todo.

— Cê é lindo e não tem nada de errado com você, para de pensar isso. De verdade, tô aqui abrindo o meu coração.

E por longos segundos a única coisa que ouço é a nossa respiração.

— Quando eu cheguei à escola, você foi uma das primeiras pessoas que vi, até achei que a gente podia ser amigo. Mas você me olhou de um jeito estranho quando o Fernando fez piada com o meu peso — diz Matheus. Solto a respiração e mordo o canto do lábio. Eu não sabia que ele tinha ficado tão chateado assim. — O teu silêncio me machucou bem mais que a piada — termina ele.

— Matheus, me desculpa. Eu não sei como pedir isso, mas me desculpa — começo a falar, e um nó se forma na minha garganta. — Eu errei e queria que você soubesse que me arrependo. Se eu pudesse voltar no tempo, faria tudo diferente. Sei que isso não ajuda, que é tarde demais, mas me perdoa. Por favor.

Os olhos dele se enchem de lágrimas e a única coisa que consigo fazer é abraçá-lo. Dessa vez, não quero fugir, então me aproximo aos poucos dando espaço para que ele se sinta seguro para me receber. Quando isso acontece, deito minha cabeça em seu ombro e o puxo para mais perto. Não ligo para o que possam pensar, não ligo para os meus pensamentos autodestrutivos, só quero que ele se sinta seguro comigo. Que sinta minhas desculpas e saiba que são verdadeiras. É o que eu deveria ter feito anos atrás, mas fui covarde.

— Obrigado por isso — fala Matheus com a voz abafada. — Não quero que você se sinta culpado, mas eu precisava te falar isso.

— Eu sei, eu sei — minto. Com os anos aprendi a esconder os meus sentimentos, a fingir que eles não existem e lidar com os resultados disso depois. Sozinho. Sei que as palavras de Matheus são sinceras, mas ainda assim me sinto mal. É a famosa onda de arrependimentos que aparece vez ou outra.

— Não sei se isso resolve, mas tô feliz que você tenha falado. Acho que a gente nunca esquece essas coisas, principalmente quando elas são ditas repetidamente. Mas saber que você se importa comigo já é meio caminho andado. — Ele fala com tranquilidade na voz. O abraço um pouco mais forte, me perdendo nos meus próprios pensamentos.

— Acho que já tá bom de abraço — Matheus reclama depois de um tempo.

— Eita, tá tão ruim assim? — falo com um muxoxo. Ele semicerra os olhos e sorri.

— Tá bom, mais uns dez segundos então — diz.

— Trinta e não se fala mais nisso — completo, abraçando-o um pouco mais forte.

— Só mais trinta — repete. E como resposta começa uma contagem. — Trinta e um... Trinta e dois... Trinta e três... — ele sussurra com uma pequena pausa entre os números.

— Ué, não era só trinta? — pergunto, rindo.

— Xiii! Não me atrapalha! — pede, e eu resmungo baixinho.

E ficamos assim até o sono chegar.

* * *

Acordo assustado de um pesadelo, olho para o lado e vejo Matheus me encarando. Imediatamente penso em duas coisas: ou falei o nome dele enquanto dormia ou estava roncando alto demais. Me levanto e fico sentado com as costas escoradas na parede. Será que está desconfortável? Será que é estranho demais para ele dividir o quarto com alguém como eu? Eu sou bissexual, mas só três pessoas sabem disso. Se eu falasse, mudaria alguma coisa? Ele é gay, não? Mil perguntas ecoam em meus pensamentos e nenhuma delas tem uma resposta positiva. Não lembro quando foi a última vez que dividi o quarto com alguém, é incomum até para mim. Mas depois do nosso abraço pensei que... Pensei que as coisas estivessem melhores.

— Quer que eu feche a janela? — falo, percebendo o leve movimento da sua cabeça em direção às nuvens.

— Não, deixa assim, eu gosto de dormir olhando pro céu — conta Matheus, a voz baixa e tranquila. Ele não falaria desse jeito se estivesse desconfortável com a minha presença, principalmente porque a reação dele parece algo comum. Talvez ele goste de se perder na imensidão.

— Você gosta mesmo de olhar pro céu, né? — pergunto, tentando descobrir um pouco mais sobre ele. Passamos o dia juntos, conversamos e rimos e nos abraçamos. Mas ainda assim Matheus é uma incógnita para mim.

— Tenho essa mania de ficar olhando pra cima, sou assim desde criança. Quando eu era pequeno achava que podia conversar com as nuvens e as estrelas, mainha sempre achou isso engraçado — explica Matheus, descendo da cama e se aproximando um pouco mais de mim. Agora estamos dividindo o mesmo colchão e não sei muito bem como me comportar, me afasto sem que ele perceba. Não quero que pense que estou me aproveitando da situação ou algo do tipo.

— Tá, mas tem algo de diferente que cê queira ver lá? — pergunto, apontando para o céu. Ele puxa um pouco do meu cobertor e se cobre, uma pequena onda de eletricidade me surpreende quando uma de suas pernas esbarra na minha. Ele ri baixinho, e eu fico vermelho. *Droga.*

— Não aponta! — repreende Matheus, puxando minha mão para baixo. — Tem uma história que diz que se a gente apontar pro céu por mais de dois segundos, nosso destino muda. Tipo, o que tava planejado se desfaz e algo completamente diferente se forma. E nem sempre é uma coisa boa. — Prendo a respiração e sorrio desajeitado. Estou a ponto de levantar desse colchão e ir até a janela, preciso de ar fresco. Ao mesmo tempo penso em como é bobo reagir dessa forma, ele não está fazendo nada de mais. Não tem motivo para surtar. Ou tem?

— Entendi — digo, e ele fica em silêncio. É estranho como a gente tem pensamentos diferentes, como essas crenças dele são tão opostas às minhas. Se eu parasse para pensar na cronologia de acontecimentos, seria algo mais ou menos assim: eu cheguei na casa desse garoto sem saber quase nada dele e agora estamos deitados nesse colchão pequeno, dividindo um cobertor e conversando sobre coisas aleatórias. Será que ele sente o mesmo que eu? Será que essas mesmas perguntas também estão rondando a cabeça dele?

— Sabe, sempre que olho pro céu fico pensando em como a gente é pequeno diante desse mundo. Minha tia, nordestina arretada, toda vez que vem aqui em casa fala que São Paulo é um caos que só. Tem fumaça e mal dá pra ver as nuvens — conta Matheus, estralando os dedos. — Mas não acho isso. Desde que nos mudamos de Carneirinho tem sido muito bom viver aqui. E tem fumaça, neblina e muitos aviões. Mas o céu é lindo, tem algo nessa imensidão que me fascina.

— Cê conta carneirinhos antes de dormir? — falo, dando um empurrãozinho em seu ombro. Ele ri.

— Todo mundo já fez essa piada! — rebate ele, puxando o cobertor. — Seu passe foi revogado, tá proibido fazer de novo. — Dou de ombros fazendo drama. E quando menos espero, ele coloca a mão direita sobre a minha. Só que agora não sinto medo, nem mesmo penso em algo diferente dessa realidade. Só deixo as coisas seguirem, como uma constelação de estrelas coroando o céu.

7
Matheus

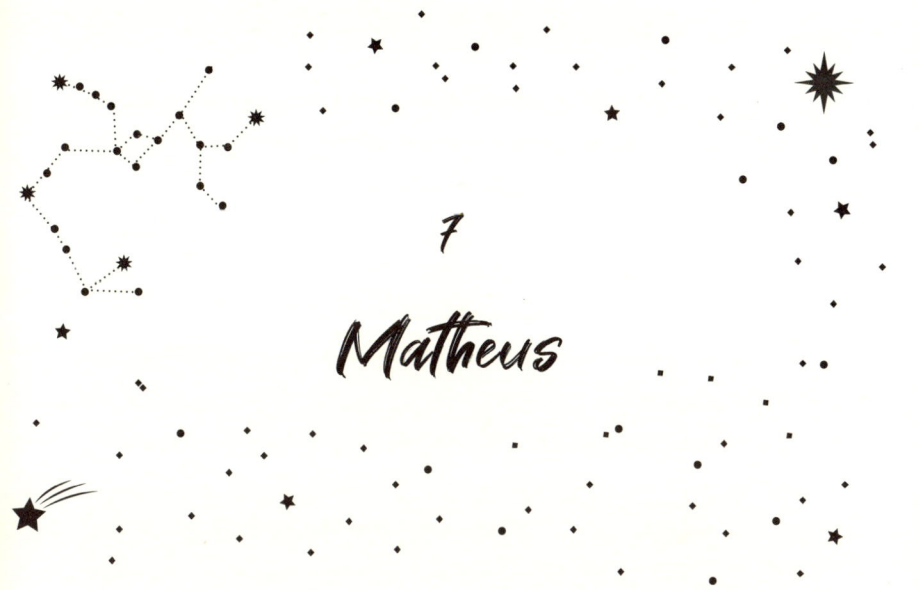

Quando o despertador toca, dou um pulo, derrubando Edu do colchão. Ele esfrega o rosto e se espreguiça. Eu simplesmente dormi com ele? Socorro! Eu dormi na mesma cama que Edu, dividimos o mesmo cobertor. Respiro fundo algumas vezes antes de encará-lo.

— Bom dia pra você também — diz, se levantando da cama. Eu faço o mesmo, mas sem conseguir olhar diretamente para ele. — Que horas são?

São 8h30 da manhã e é sábado, então tecnicamente eu não precisaria acordar tão cedo. Mas eu deveria, teria me poupado desse constrangimento. Levo a mão ao cabelo e constato o óbvio: Edu nunca mais vai esquecer essa bagunça quando me vir na escola. Tento me acalmar, porque sei que se fizer qualquer outra coisa, vou acabar estragando tudo.

— Dormiu bem? — pergunto, tentando disfarçar. Ele se espreguiça mais uma vez e percebo suas bochechas corarem. Será que ele está pensando a mesma coisa que eu estou pensando? Mesmo que eu não saiba direito o que isso significa, será que...

— Eu acho que tô meio bagunçado, sabe quando a gente acorda no meio de um sonho e aí não sabe se ainda tá dormindo ou sonhando? — Certo, ele não está pensando a mesma coisa que eu e isso me acalma. Pego o cobertor sobre os meus pés e jogo na cama onde eu *deveria* ter dormido.

— Tenho que arrumar as coisas pra ir embora, posso usar o banheiro? — Edu pede, já abrindo a porta do quarto. Balanço a cabeça assentindo.

— Tem uma escova de dentes reserva na segunda gaveta do armário. É nova, então pode usar de boa.

Edu agradece e fecha a porta, me deixando sozinho enquanto começo a tirar os lençóis da cama e arrumar o quarto. Eu tenho essa mania de deixar tudo bonitinho logo que acordo, provavelmente tenho um quê de virginiano no mapa. Pego o celular e abro a minha playlist de músicas para acordar, uma mistura de músicas tristes e felizes de artistas pop que eu curto. Geralmente eu não presto atenção na letra, então só deixo a batida me levar. Finjo estar calmo, porque não quero que ele entre no quarto e me veja no meio de uma crise de ansiedade; tenho medo de ter feito alguma coisa errada. Ele não está me tratando como um qualquer, mas também não falou nada sobre a noite passada. E isso é assustador, porque talvez eu esteja criando algo na minha cabeça e esse *algo* pode não ser nada. Conviver com meus pensamentos é a pior coisa que existe.

— Já acordou? — pergunta minha mãe abrindo a porta sem bater. Levo um susto, mas não deixo transparecer. — Seu amigo tá no banheiro?

— Tá sim, mas deve tá saindo. Precisa de ajuda? — falo, sentando na cama recém-arrumada. Minha voz soa preocupada, como se entregasse algo de errado que fiz. Os olhos da minha mãe seguem minha frustração e param sobre minha cama. Ela força um sorriso e continua.

— Não, só queria saber mesmo. Preciso ir pro trabalho, você arruma o café pra ele? Tem manteiga na geladeira, pão no micro-ondas e café na máquina. A gente se vê mais tarde — conclui e me joga um beijo. Levanto a mão direita e pego no ar, minha mãe sorri e fecha a porta. Segundos depois, Edu entra, com o rosto menos amassado e o cabelo arrumado.

— Essa música é legal — diz murmurando o refrão de "DNA", do BTS.

— Cê curte k-pop? — pergunto enquanto ele amarra os cadarços dos tênis.

— Um pouco, não conheço muita coisa, mas acho interessante.

Eu esperava uma resposta diferente, tipo aquelas que todo mundo dá quando a gente fala de música pop coreana: "Não tô entendendo nada!" "Isso é música pop? Meu Deus!"

Seguimos para a cozinha assim que Edu coloca os tênis. Sirvo o café e fico observando ele passar a manteiga no pão e depois o levar até a frigideira. A gente se perde na conversa e só paramos quando o cheiro de queimado começa a incomodar.

— Ah, não! — grita ele, meio que se desculpando. — Que droga!

— Faço isso todo dia, os vizinhos estão acostumados — confesso, colocando mais leite na xícara.

— Sou meio desastrado pra essas coisas, pede desculpa pra tua mãe — fala com a boca cheia. Sorrio. — Cê tá planejando alguma coisa pro final do ano? Daqui uns dias já é o nosso aniversário.

— Geralmente a gente vai pra Santos, meu tio tem uma casa na praia — explico, mordendo a última sobra de pão queimado.

— Não curto muito praia, não — conta.

— Dá pra perceber, você é branco demais. Tipo o Edward! — provoco, e Edu ri. — Mas quando tu namorava a Melissa vocês iam muito pra praia, né? — Ele larga a xícara de café e para de sorrir. Talvez eu não devesse ter perguntado sobre a Melissa.

— A gente nunca namorou — fala, sem emoção na voz. — A gente ficou por um tempo, mas eu meio que nunca namorei a Mel.

— E meninos? — pergunto, esbarrando na falta de noção. — Desculpa. — E imediatamente começo a me sentir mal. Tenho essa mania de falar sem pensar, e se Edu não me odiava antes, talvez agora ele tenha um bom motivo. Foi desrespeitoso o que fiz e sinto pela forma como me olha que foi também inesperado.

— Tá tudo bem, de verdade — diz Edu, reparando no meu olhar. Queria que um buraco se abrisse no chão para que eu pudesse me lançar nele sem medo. — É que todo mundo acha que a gente namorou por um tempo, mas eu e a Mel nunca vimos necessidade de namorar. Sempre foi algo entre a gente, aquela coisa de autodescoberta e blá-blá-blá. A gente meio que tinha um compromisso, mas nada com o título de "namoro". E, respondendo à sua pergunta, sou bi — termina com um meio sorriso.

Nunca parei para pensar sobre isso e por um momento minha cabeça parece questionar tudo o que aconteceu na noite passada: ele me perguntando o porquê de eu gostar de olhar tanto para o céu, eu me jogando no colchão e tocando sua mão. Eu me deixando levar pela vontade de abraçá-lo. Talvez eu tenha arriscado demais, me exposto demais.

— E tu? — pergunta, interrompendo minha linha de pensamento. Mentalmente agradeço a ele por isso.

Acho que nunca precisei falar sobre isso antes, ninguém nunca chegou até mim perguntando se eu gostava de meninas ou meninos. Então é estranho ser confrontado com esse tipo de coisa. Porque sempre foi comum para mim, minha mãe soube assim que cheguei da escola dizendo que estava apaixonado por Biel. E meu pai nunca se importou o bastante comigo, então não é como se eu precisasse sair por aí falando sobre isso. Não me incomoda que ele tenha perguntado, mas também não faria diferença alguma se ele tivesse permanecido em silêncio.

— Eu sou gay — respondo, baixinho.

— Te falar uma coisa: é muito bom a gente falar sobre quem a gente é, gritar pro mundo. Sei que nem todos podem fazer isso e acho que é por isso que falo sempre que me perguntam. Eu tenho medo de como as pessoas vão reagir, mas também tenho orgulho de mim. Por esse motivo fico feliz em saber que você consegue falar — confessa, tirando o prato da mesa. Um sorriso se abre no meu rosto diante da sua resposta, me sinto mais leve e *aceito*. É como se todos os pensamentos autodestrutivos que alimentei mais cedo desaparecessem.

Sorrio sem jeito e tiro o resto das coisas da mesa. Edu me ajuda e quando percebo a cozinha já está limpa. Voltamos para o quarto para pegar a mochila dele e olhar o trabalho uma última vez. Vamos continuar por videochamada nos próximos dias, ainda precisamos fazer alguns ajustes, Edu vai preparar a apresentação e eu terminarei os desenhos.

— Acho que é isso, então. Vou aproveitar que parou de chover pra ir embora. Se precisar de qualquer coisa, me liga? Pode mandar mensagem também, mas a gente vai se falando — diz, levemente empolgado. Sinto verdade em sua voz e isso significa que o último dia não foi estranho ou bizarro ou esquecível para nós dois. Foi um (re)começo.

— Tá bom, eu vou trabalhar na história nos próximos dias e te mantenho informado sobre tudo — acrescento, saindo do quarto. Edu me segue pelo corredor até a sala. Quando abro a porta, ele me abraça. — Aliás, você chegou a pensar sobre o final?

— Pensei, mas não é nada de mais. Você quer tentar? Talvez se a gente fizer só um desenho, sem falas, funcione bem — sugere Edu.

Me afasto do seu abraço e minha boca esbarra em seu rosto, fico tão surpreso que quase caio na mesa de vidro ao lado da porta.

— Acho que isso é um *sim* — diz ele. — Obrigado por ser tão legal comigo. Eu meio que não sei como agradecer e já falei muito de madrugada, fiquei até rouco — comenta, forçando a voz.

— É mentira, você nem falou tanto assim — digo, com vergonha. — Obrigado por tudo.

Edu ri e segue para o elevador.

— Tá bom então, a gente se vê! — fala ele, animado, e sinto meu coração disparar.

— A gente se vê — sussurro, na expectativa de que não me ouça.

A porta do elevador se abre e ele desaparece, deixando comigo apenas a lembrança do seu sorriso.

8
Eduardo

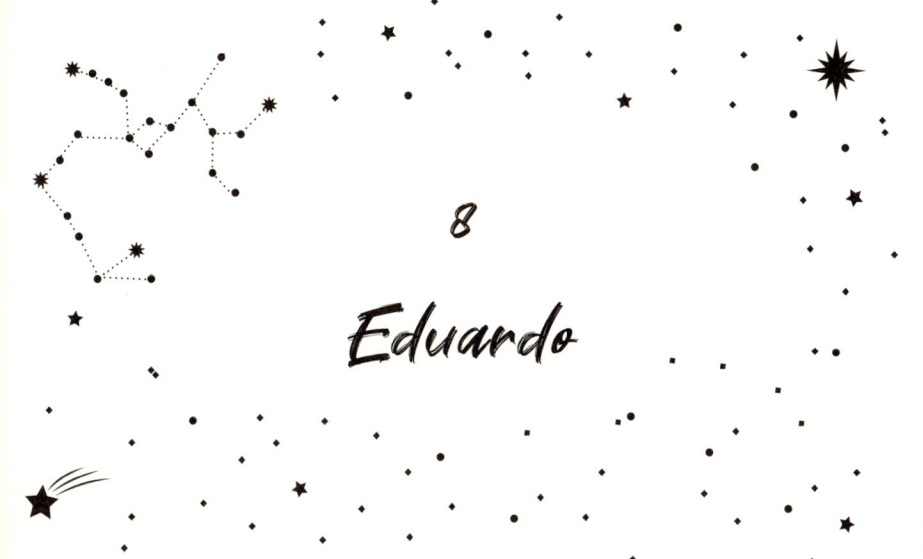

Os últimos dias foram caóticos, mas o trabalho está pronto. Matheus e eu fizemos pelo menos cinco chamadas de vídeo desde que deixei a casa dele. O roteiro está nos ajustes finais, os desenhos também. Só preciso dar uma última lida nos diálogos para ver se não deixei passar nada. Na terça-feira ele me ligou no meio da noite e conversamos sobre livros e coisas aleatórias. Odeio falar no telefone, mas até que não foi tão ruim assim. Agora, me contento em trabalhar na história do Alce, enquanto minha mãe prepara o jantar. Mesmo com a porta fechada, consigo ouvir ela e minha vó discutindo.

— Mãe, não adianta você ligar o forno agora! Tá cedo demais! — grita minha mãe.

— Karina, eu já falei pra não gritar comigo! — rebate vovó. E elas ficam assim até que coloco os fones de ouvido e não ouço mais nada.

Começo uma playlist folk, meu tipo de música favorita para escrever. Mas então me pego pensando em Matheus, em como tem sido bom estar perto dele. Eu meio que não imaginava que as coisas aconteceriam daquela forma, não esperava que fosse tão fofo. Ele me conquistou logo no primeiro sorriso e eu sempre fui muito fechado para esse tipo de coisa, não me abro facilmente. Não foi assim com Melissa, muito menos com Pedro e Gael. Mas sempre que penso em Matheus meu coração dispara, e é engraçado perceber que a gente se conhece há tão pouco tempo.

Respiro fundo e foco na história. Acho que encontrei uma forma de explicar o que aconteceu no planeta Amarelo. Escrevo tão rápido que tenho certeza de que alguém colocou todas essas palavras na minha cabeça noite passada. É como se tudo fluísse fácil demais, sem complicação, e quando percebo escrevi quinze páginas. Só paro quando sinto meu punho doer. Me jogo na cama e ligo para Matheus.

— Cê não vai acreditar no que aconteceu! — digo, empolgado. Ele para tudo o que está fazendo e olha diretamente para a câmera. — Eu consegui escrever e isso é inédito, porque até a semana passada eu estava travado numa cena.

— Aaaaaaaaa! — grita Matheus. — Tô tão feliz, tu acha que nossa conversa sobre óvnis ajudou?

— Será? — debocho. — Não sei se influenciou, mas obrigado de qualquer forma. — Ele sorri. — Terminou o trabalho? Como ficou a última página?

Matheus fica em silêncio e desvia o olhar da câmera.

— Tá aqui do meu lado — fala, pegando as folhas na mão e balançando no ar.

— Cê vai continuar com o mistério? — pergunto e me sento na cama. — Qual é, mostra aí! — Ele semicerra os olhos e vira a primeira folha, mas não dá para ver muita coisa além dos traços quadrados e do título da história. — A gente vai manter o título, então?

— Vai, ele funciona — responde, tirando as folhas da frente do rosto.

— Mesmo? — insisto.

— Aham, tá bonito. — Fico satisfeito com a resposta e caminho até o computador.

— Posso ler um trecho da história do Alce? A que acabei de escrever — pergunto, empolgado para ler para alguém. — É que ler em voz alta me ajuda, tipo, faz as coisas soarem mais *normais* — explico, enquanto seleciono um trecho do livro.

— *Meu Deus!* Cê vai ler um trecho pra mim? Mas tem que ser com aquela voz de Sessão da tarde — pede, fazendo careta.

— Tá! Lá vai! — Estufo o peito, penso em uma voz diferente e começo. — "Se Alce fosse perspicaz o bastante jamais deixaria que o enganassem novamente. Ele sabia o que fazer e quem punir, mas algo em seu peito ainda ressoava no passado. Saudade. Alce conhecia tal palavra, humanos a usavam para descrever a ausência de algo ou alguém. E para Alce era saudade de casa, de quem deixou para trás quando saiu em busca de um mundo só seu."

Quando termino, olho para a tela do celular e Matheus está com a mão sobre a boca.

— É assim que termina? *Meu Deus!* É assim que termina? — repete, surpreso.

— Não, falta muita coisa! Mas é o fim da primeira parte do livro, ainda tem outras duas — conto. Sempre tive medo de mostrar as coisas que escrevo, nem sempre as pessoas aceitam muito bem. Romper essa barreira é muito significativo para mim. Além do mais, Matheus estava disposto a me ouvir e não existe sensação melhor do que essa, a de ter alguém interessado em te ouvir sem te julgar.

Uma hora depois, encerro a ligação, desço para sala e vejo minha mãe deitada no colo da minha vó. Na TV, a cena de uma novela, e na mesa um bolo enorme de chocolate. Sorrio, porque pela primeira vez me sinto completo. Se elas soubessem o que penso, mudaria algo? Será que minha mãe seria mais presente? Talvez.

* * *

São quase 8h30 e Matheus ainda não chegou. Todo mundo está ansioso para contar para o Soares como a ideia de construir um personagem deu ou não certo. No nosso caso, temos dois protagonistas e uma forma diferente de apresentar a história. A segunda aula começa em menos de trinta minutos. Envio uma mensagem para ele, mas a última vez que Matheus ficou on-line foi às 6h30, horário em que normalmente acorda para vir à escola. Tento manter a calma, mas estou ficando nervoso, minhas pernas não param de batucar embaixo da mesa.

— Du, dá pra parar de bater o pé na minha cadeira? — Dani se vira para mim com raiva. O sinal toca e alguns alunos se levantam, estão se reunindo com suas duplas. Escrevo a décima mensagem para Matheus, mas ela não chega a ser enviada.

Começo a me desesperar quando Soares entra na sala. Ele está bem-vestido, como se estivesse pronto para uma premiação. O dia está nublado e um pouco frio também, por isso ele usa calça social e sapatos pretos. Seu cabelo black power está levemente aparado nas laterais, e ele leva a mão direita até o colarinho da camisa e abre um dos botões antes de colocar o material sobre a mesa e sorrir.

— Oi, *turrrma*. Como passaram os últimos dias? — grita, empolgado. Alguns alunos falam sobre o final de semana, outros reclamam da dificuldade do trabalho. — Imagino que tenham gostado das duplas, mas chegou a hora de finalizarmos essa fase.

Em *brrreve* vocês estarão de férias e terão tempo suficiente pra fazer o que quiserem.

Soares pega uma de suas pastas e puxa uma folha, antes que alguém possa perguntar o que é ele começa a ler a ordem de apresentação. Matheus e eu somos os últimos, isso se ele chegar. Tento me acalmar enquanto as duplas se reúnem, Mabel e Caio são os primeiros. As apresentações transcorrem normalmente, ninguém pensou em ir além. A maioria produziu uma redação, mas gostei do vídeo que Lucas e Vitor fizeram. Três grupos faltaram, o que significa que em poucos minutos eu e Matheus devemos apresentar a nossa história em quadrinhos. Levanto o olhar para Dani enquanto Jonas, sua dupla, explica um pouco sobre o signo de peixes. Ela força um sorriso para mim, compreendendo o meu pedido.

Por favor, Matheus, por favor, imploro, digitando mais uma mensagem. Se ele não chegar a tempo, vou precisar apresentar um roteiro e nem sei a cena final. Quero chorar, mas não sou assim. Talvez eu tenha dado importância demais para ele e para o trabalho. Talvez eu devesse sair daqui, agora.

— Um minuto, por favor — pede Soares depois de uma leve batida na porta interromper o conto sobre dois melhores amigos piscianos. — Matheus! — fala o professor abrindo a porta. Matheus sorri para Soares e, quando entra na sala, todos o encaram como se ele estivesse diferente. A verdade é que ele só está usando um moletom de galáxia, com vários pontinhos coloridos sobre o tecido. Seu sorriso me encontra e desvio o olhar. Estou chateado demais para agir de outra forma. — Continue, Dani — sugere Soares, voltando para a sua mesa. Meu celular vibra dentro do estojo, provavelmente Matheus está respondendo às mais de cinco mensagens que enviei.

Dez minutos depois o professor chama minha dupla.

— Oi, gente. Bom dia — começa Matheus, sem empolgação na voz. — Edu e eu criamos uma história em quadrinhos utilizando o arquétipo do nosso signo, sagitário. É algo simples, nada muito complexo. É uma história de amor sobre dois garotos desconhecidos que descobrem no incomum algo que os une. — Engulo em seco quando ele para de falar, dando a deixa para mim. Meus dedos deslizam sobre o teclado e abrem o arquivo, a silhueta de dois garotos, um de costas para o outro, é projetada na tela. Em volta deles, poeira estelar e alguns planetas que reconheço como Marte, Saturno e Vênus. Acima, em letras garrafais, o título da história: *Como (não) se apaixonar em um fim de semana*. A primeira página está linda, mas tão linda que sinto meus olhos se encherem de lágrimas. Um dos garotos é magro e alto, o outro gordo e com um cabelo levemente bagunçado.

— "Sei que tu não vai muito com a minha cara, porque na verdade metade dessa escola não gosta de mim, e eu tento parecer legal, mas na verdade não sou, porque você sabe como funcionam as coisas e..." — Matheus lê uma das falas de Fred depois de uma troca de olhares com Henrique no intervalo. Os desenhos são apenas silhuetas, mas com o passar das páginas eles começam a ganhar vida. Como se a proximidade dos dois personagens despertasse a verdade sobre quem são. Quando viro a última página, Fred e Henrique se abraçam, colorindo o quadro inteiro como um arco-íris. É o final perfeito, eu sabia que ele conseguiria.

Enquanto todo mundo aplaude, me perco nos detalhes do traço de Matheus. É quando vejo Henrique vestindo a mesma camiseta de *Star Wars* que usei quando fui até a casa de Matheus, e Fred, um short com o rosto do Chris Evans estampado... Meu coração dispara e começo a chorar. Essa não é uma história sobre

Fred e Henrique: somos eu e Matheus ali, abraçados. É por isso que ele não quis me mostrar nada, por isso que fez questão de usar a mesma frase que disse para mim quando me abordou sobre o trabalho semana passada. Ele planejou tudo isso; será que é assim que ele vê o fim da nossa história?

* * *

Soares está comentando sobre as apresentações, avaliando todo mundo no geral antes de ler cada um dos trabalhos novamente. Quando o sinal toca e ele se despede, uma onda de alunos exaustos se lança para fora da sala. Assim que me levanto, Matheus vem até mim.

— Edu, a gente precisa conversar — começa ele, parado na minha frente. — Sério, eu queria dizer que... — Mas eu o interrompo, pegando sua mão. A sala está vazia, então não sinto medo nem nada do tipo. Estou seguro da minha decisão.

— Tá, eu não queria ter te tratado daquele jeito. Só que você devia ter me avisado, tipo, eu fiquei preocupado contigo — digo, tentando diminuir o tom conforme as palavras explodem para fora da minha boca.

Matheus fica em silêncio enquanto falo, os olhos imóveis e atentos à minha reação. E então, ele solta minha mão e é como se cada fiozinho de eletricidade que corre por meu corpo desaparecesse. Acho que é assim que o mar se sente quando as águas ficam calmas depois de uma tempestade.

— Eu quis imprimir o trabalho com uma qualidade melhor e a impressora lá de casa é muito ruim, então fui na papelaria e aproveitei pra comprar isso pra você. — Matheus fala tão rápido que as palavras se perdem no ar. — E eu também não precisava participar da primeira aula, meio que imaginei que cê não ia ficar tão preocupado. Sério, foi mal, eu devia...

Não sei por que, mas eu o beijo. E o mundo à nossa volta parece se expandir. Meus lábios encontram os dele como se soubessem o caminho desde sempre, como se estivessem esperando o momento certo. Sinto suas mãos pressionarem a minha cintura, não tentando me afastar, mas pedindo para que eu fique mais próximo. Fecho os olhos e penso que Matheus é totalmente o oposto de mim. Agitado, carinhoso, empolgado, analítico e direto demais. E isso mexe com alguma coisa dentro de mim, algo que ainda não sei muito bem o que é. Tem uma história que diz que a gente só descobre que gosta de alguém quando nosso coração começa a bater mais rápido, quando a gente se lembra da pessoa por mais tempo do que deveria. E pensando bem, os últimos dias foram assim e eu só percebi agora.

— Eita — diz Matheus dando um passo para trás, surpreso. Ele está sorrindo, as bochechas levemente coradas. — Isso foi, nossa, foi...

— Incrível — falo sem pensar.

— Isso, incrível — repete ele com brilho no olhar.

Ficamos em silêncio por alguns segundos, nossos olhares se cruzam e tudo à nossa volta perde a importância. Seus cachinhos azuis estão bagunçados, cobrindo uma parte do rosto iluminada pela luz do sol. Um pedacinho do arco-íris diante de mim.

— Será que... — Ele me entrega o presente. — Cê podia abrir?

Abro a sacola e vejo uma caixa média embrulhada em um papel branco bem preso com um laço dourado. Quando retiro o embrulho vejo um pequeno caderno decorado com dragões, duendes e planetas.

— É lindo! — falo com empolgação. Em seguida abro o caderno e observo os detalhes no topo de cada folha.

— Tá, mas você perdeu o principal. Olha a primeira página — alerta Matheus. Coloco o caderno sobre a mesa e solto o embrulho no chão. Quando encontro a página, sorrio, Matheus desenhou meu rosto junto de algumas características.

— "Fofo, observador, até que bonito e engraçado" — leio em voz alta. — Você acha isso tudo de mim?

— É, acho. Mas pensando bem tô querendo substituir "até que bonito" por "um pouco bravo demais". O que você acha? — pergunta, dando de ombros.

— Acho que tá muito errado, viu? — Eu o beijo de novo. — Agora me conta que história é essa de usar um short com o rosto do Chris Evans.

Ele faz uma careta, e eu o abraço.

9

Matheus

Edu foi meu primeiro beijo *de verdade*.

É ele quem vai estar na minha memória pelos próximos cinquenta, talvez setenta anos. É a primeira pessoa que vai aparecer na minha cabeça quando alguém perguntar sobre o meu primeiro beijo — porque acabo de descartar todas as outras *tentativas*. Mas no meio dessa bagunça de sentimentos, sei que é de Edu que vou me lembrar quando me pegar pensando sobre tudo de bom que acontece sem que a gente perceba.

Enquanto caminho para casa me perco nas decorações de Natal, algumas ruas já estão cheias delas. Dá para ver as renas na pracinha e a neve nas árvores. Eu amo essa ideia de neve em pleno verão, acho um conceito interessante, considerando que a temperatura chega aos 35° em São Paulo. Na entrada do prédio onde moro tem um boneco de neve com um nariz enorme feito de cenoura, as crianças tiram fotos dele o dia todo. O que eu não esperava é que minha mãe daria continuidade à sua tradição natalina e logo que deixo o elevador vejo o boneco do Elvis Presley pendurado na porta. Todo ano ela coloca Elvis na entrada do apartamento, e a cada dois muda a cor do gorro dele. Neste Natal vai ser vermelho, mas já foi branco, dourado, azul, amarelo e tantas outras cores que nem consigo lembrar.

Quando entro em casa, coloco a chave na mesa ao lado da TV e me arrasto com a mochila pesada até o quarto. Deixei a janela aberta antes de sair, então uma brisa leve toca meu rosto assim que me jogo na cama. Eu deveria preparar alguma coisa para comer ou estudar para o exame de química da próxima semana, ter deixado várias questões em branco não me ajudou em nada. Mas no meio disso tudo a única coisa em que consigo pensar é: quando vou beijar Edu de novo?

Estou deitado no sofá vendo TV quando minha mãe chega em casa carregando uma caixa de pizza nas mãos.

— Uai, pizza? O que é que a gente vai comemorar? — brinco, seguindo-a até a cozinha. Mainha coloca a pizza sobre a mesa e beija minha bochecha.

— É sexta-feira e fiquei com vontade de comer pizza, mas se você não quiser pode pedir outra coisa — debocha, abrindo a caixa em seguida. Meus olhos brilham quando vejo oito enormes fatias de muçarela e calabresa. — Peguei uma mais simples porque sei que você não gosta dos sabores diferentes que peço às vezes.

— Bem lembrado, viu? Não tô a fim de comer pizza de brócolis com requeijão e um monte de bacon em cima — comento antes de pegar os pratos no armário. Comemos em silêncio, a pizza está boa demais para que a gente se perca conversando. Mas minha mãe não se aguenta e fala logo depois do segundo pedaço:

— E o Edu? — Bebo um pouco de refrigerante e desvio o olhar antes de responder. — Tá tudo bem se você não quiser falar, filho.

— Ele tá legal, eu acho. A gente entregou o trabalho hoje — conto.

— O trabalho era sobre o que mesmo? — minha mãe fala, levando o prato vazio até a pia.

— A gente criou uma história em quadrinhos sobre dois meninos do signo de sagitário — começo. — Aí meio que tentamos mostrar como eles se conheceram e acabaram se apaixonando. É uma história bem curta, o Edu escreveu o roteiro e eu desenhei.

— O silêncio é a única resposta que tenho. — A ideia inicial era fazer só um personagem, mas aí descobrimos que somos do mesmo signo e somos bem diferentes. Aí criamos dois, unindo os pontos positivos e negativos.

— Aposto que o professor vai dar dez pra vocês — comenta colocando o prato no escorredor. — Eu gostei do Edu, espero que ele venha aqui mais vezes.

Nunca esperei que ela fosse sugerir isso, e vê-la reagir dessa forma me deixa muito feliz. Sei que ela sempre soube de mim, mas depois de tudo que aconteceu com meu pai, a maneira como ele nos tratou quando descobriu que sou gay, nunca pensei que ela estaria tão tranquila assim. Sou grato por minha mãe confiar tanto em mim, diferente do meu pai que até hoje diz que sou o motivo para ele ter saído de casa e arrumado outra mulher.

— Também espero — sussurro.

— Quer ver um filme? — pergunta minha mãe, fechando a caixa de pizza. — Topo qualquer coisa hoje.

Semicerro os olhos e a surpreendo com um abraço.

— Topa ver *Podres de ricos*? — cochicho em seu ouvido.

— É aquele filme que tem o bonitão do Henry Cavill? — pergunta ela, dando um beijo na minha bochecha.

— Não, mãe, mas o cara desse filme é bonito também. O nome dele é Henry Golding.

— Se é bonito já tá bom pra mim — confessa com um sorriso.

dias depois

Desde que Edu esteve aqui em casa tenho evitado olhar o *pop-up* de mensagem do dia; na verdade, desativei por medo do que pudesse me dizer. Não queria criar falsas esperanças. Mas decidi que preciso deixar isso de lado, então me sento em frente ao computador e clico nas configurações. Alguns segundos depois, a janela "você gostaria de voltar a ler nossas mensagens?" pula na tela. Clico em *sim* e espero.

> Temos uma mensagem especial pra você!
> Seu inferno astral acabou, agora é hora de colher os frutos. Os próximos dias serão intensos, recheados de descobertas e novas ideias. Aproveite para se aproximar de quem ama e ouça seu coração. Novos caminhos e possibilidades se abrem, o universo está a seu favor. É tempo de deixar o orgulho de lado, momento propício para se apaixonar e passear ao ar livre.

Sorrio com a mensagem, imaginando todas as possibilidades do novo ano. Ontem fui até a escola para fazer o último teste de química e recebi a nota do nosso trabalho de Literatura: dez. Uma nota que considerei como presente de aniversário atrasado, afinal não é todo dia que se faz dezoito anos. O primeiro foi Edu: passamos o dia todo assistindo a filmes a distância e conversando. A avó dele comprou um bolo de aniversário de chocolate enquanto minha mãe trouxe uma caixa de salgados com coxinhas, pastéis e minipizzas. Foi um dia normal como todos os meus aniversários anteriores, mas eu não estava sozinho. A partir de hoje nunca mais estarei, já que Edu fez questão de nascer no mesmo dia que eu.

Quando abro a porta e sigo para o banheiro, ouço minha mãe no telefone. Ela ri alto e completa com um "a gente se vê já, já".

— Tá rindo por quê? — pergunto enquanto pego um copo d'água.

— Chamei Sônia e Lisete pra ceia de mais tarde — explica. Minha mãe ama chamar as amigas para passar o Natal com a gente, pelas minhas contas esse é o terceiro. Começou depois que ela e meu pai se separaram.

Depois do almoço, ajudo minha mãe a lavar as frutas e preparar o pernil que compramos enquanto ela separa alguns biscoitos e ingredientes para uma torta de frango.

— Cê precisa de mais alguma coisa, mãe? — pergunto. Ela responde que não, então corro para a sala para instalar o novo videogame que ganhei de Natal. Jogo por pelo menos duas horas sem ser interrompido, até que o interfone toca.

— Matheus? — A voz do porteiro ecoa do outro lado da linha. — Tem encomenda pra você. — Coloco o interfone no gancho e vou até a portaria.

Assim que volto para o apartamento, vejo que minha mãe ainda está no banho, então levo a caixa com meu nome até o quarto e fecho a porta. Ela é um pouco maior do que eu imaginava e quando abro sou surpreendido com um quadro envolto em um papel pardo. Ao desembrulhá-lo, um pequeno cartão cai sobre a cama, e quando pego e começo a ler, meus olhos se enchem de lágrimas. Edu fez um quadro que mostra a configuração do céu no dia em que estávamos pela *primeira vez* aqui em casa. Na parte de trás do cartão, tem um QR code com uma pequena flecha indicando "Esta é a nossa playlist". Não sei exatamente como explicar, mas as estrelas no quadro estão tão próximas umas das outras como se formassem uma imagem única e perfeita; o fundo é uma lua cheia com brilhos nas extremidades. É o presente mais lindo que já ganhei.

Coloco o quadro na cama e balanço a caixa mais uma vez, só para ver se não deixei nada para trás. E como esperado, encontro uma carta envolta em um laço dourado. Em uma letra digna de alguém que fez caligrafia durante todo o ensino fundamental, Edu escreveu:

Não sei como começar isso aqui, talvez seja besteira demais falar assim, mas queria dizer que você é importante pra mim. A verdade, gênio, é que te observo já tem um tempo. Não sou stalker, mas um garoto de cabelos azuis nunca passa despercebido. Esse presente é uma forma de agradecer tudo que você tem feito por mim, principalmente o caderno de escrita. Vai ser muito útil, tô pensando em escrever uma continuação pra história do Alce antes mesmo de terminar o primeiro volume.

Espero que você esteja bem e que os próximos dias sejam incríveis. É fim de ano, e tudo que é bom, geralmente, acontece nessa época. Imagino que você tenha gostado do "nosso céu", era assim que ele tava quando você abriu a porta do apartamento só de cueca e saiu correndo pela casa. Ah, e me desculpa pelo atraso. Demorou um pouquinho pra ficar pronto.

A gente não sabe muito bem como serão os próximos dias e eu acho que seria um desperdício se alguém nos contasse. Por isso, aproveita esse novo ano, que ele seja tão bom quanto todos os outros.

Feliz dia, não se esquece de sorrir e olhar pro céu quando se sentir sozinho. Dizem que há uma galáxia inteira além daqui, espero que esteja pronto pra viajar por ela comigo.

Com amor, Edu.

10

Eduardo

É manhã de Natal e estou sentado em frente à TV assistindo a um especial da terceira temporada de *Glee*. Minha parte favorita desse episódio é quando Blaine e Kurt sentam lado a lado no sofá e cantam como se fosse a última coisa que pudessem fazer para melhorar o dia de alguém. Aumento o volume e deixo que a música preencha o vazio da sala. Minha vó saiu para caminhar, então estou praticamente sozinho em casa, exceto pela minha mãe, que ainda está dormindo.

Depois de ver pelo menos mais dois episódios, ouço-a descer as escadas.

— Oi, bom dia — diz minha mãe com a voz sonolenta.

— Bom dia — respondo baixinho. Deito um pouco mais no sofá e procuro outra série para assistir. Sem anunciar, ela se senta ao meu lado e me abraça. Fico imóvel sem saber direito o que fazer.

— O que você quer comer? — pergunta ela, se aninhando mais no meu peito.

— Panquecas? — sugiro. E sem que eu precise esperar por uma resposta, ela se levanta e vai até a cozinha. Em poucos minutos minha mãe consegue preparar a melhor panqueca americana que já comi. Coloco um pouco de *syrup* e deixo o mirtilo para o final. Não falamos muito nem trocamos olhares, permanecemos em silêncio e isso me deixa feliz. Quer dizer que estamos bem, na medida do possível. Quando termino, pego meu prato e coloco na pia.

— Edu, queria te pedir desculpa... — diz ela. Fecho a torneira e encaro o prato. — Por ser uma péssima mãe, por te deixar sozinho. Sei que nossa relação é complicada, mas não faço ideia de quando começamos a nos distanciar, só sei que a morte do teu pai foi uma rachadura na nossa relação. Eu nunca consegui lidar bem com isso.

Queria dizer para ela que entendo, que sei exatamente o que se passa em seu coração. Mas não consigo, estou surpreso demais com o desabafo. É difícil para ela falar sobre o que sente, sei disso porque também sou assim. Preferimos esconder nossos sentimentos.

— Tenho tentado ocupar meus dias com trabalho, fico fora de casa por mais tempo que gostaria. — Ela solta um longo suspiro. — Ouço sua vó reclamar, meus clientes reclamarem: "Karina, você não dorme mais? Há quanto tempo você não passa um final de semana em casa?" E minha cabeça parece que vai explodir toda vez que alguém fala isso. — Largo a louça e me sento ao seu lado. — Mas queria que você soubesse que tô tentando. Perdi uma parte da sua vida que nunca vou conseguir recuperar — desabafa em meio às lágrimas. Eu abaixo a cabeça, sem coragem de olhar em seus olhos. — Mas é estranho te criar sozinha, mesmo com a ajuda da tua vó. Sabe, teu pai sempre esteve comigo, foi ele quem viu você dar os primeiros passos enquanto eu estava trancada em um fórum.

— Mãe, tá tudo bem — murmuro.

É a única coisa que consigo dizer. Sei que lá no fundo, mesmo com tantos problemas, ela é uma boa mãe. Por mais distantes e diferentes que nossas vidas sejam. Também sei que nunca facilitei para ela, nunca tentei dar uma chance para a gente e sei que um pouco desse arrependimento é culpa minha.

— Você é um garoto lindo e tem um futuro tão grande pela frente... Talvez você se torne um astronauta. Talvez viaje até a lua e envie uma foto pra gente como prometeu pro seu pai — continua. E então, começo a chorar. E não é como se eu conseguisse controlar dessa vez, já tentei antes e falhei do mesmo jeito que agora. Sempre que ela fala do meu pai é como se eu não fosse capaz de respirar. Dói mais do que deveria. — Quero que saiba, Du, que estarei aqui sempre que precisar. Prometi isso pro seu pai e vou cumprir. — E algo dentro de mim se rompe, como uma onda rebentando na praia.

Choramos em silêncio por alguns minutos e só agora percebo o quanto senti sua falta. É bom estar aqui, estar com ela. É isso que meu pai gostaria de ver se ainda estivesse vivo. Mesmo distante, sinto sua presença. Sinto que ele é o elo que nos une e agradeço por isso. Não lembro quando foi a última vez que senti minha mãe tão vulnerável. No fim, estamos juntos e mais uma vez recomeçamos.

Como dois estranhos perdidos na própria insegurança, nos abraçamos.

duas semanas depois

É janeiro e no penúltimo dia do ano passado recebi um convite. Matheus não me disse ao certo o que a gente ia fazer, só me passou o endereço e nada mais. Quando chego ao Ibirapuera, pego uma água de coco e sento perto de duas garotas em um piquenique. Vinte minutos depois ele chega. O cabelo está cortado, mas ainda continua azul.

— Feliz ano-novo! — é a primeira coisa que me diz. O abraço é tão forte que parece que não o vejo há pelo menos cinco meses. — Você sentiu saudades mesmo, hein? — sorrio. E, sim, eu senti muitas saudades. Mesmo que a gente tenha conversado todos os dias desde a entrega do trabalho, senti muito a sua falta. Queria estar perto dele, queria saber o que estava sentindo e pensando. Eu queria estar com ele e mais ninguém.

Ele se senta ao meu lado e ficamos um tempo juntos, de mãos dadas, conversando sobre tudo o que aconteceu nos últimos dias, os detalhes que evitamos contar por mensagem. Quando começo a falar um pouco sobre a reação da minha mãe na manhã de Natal, seu celular toca.

— É o despertador — explica. Arqueio as sobrancelhas, surpreso. Um riso quase escapa da minha garganta. Quem programa um despertador para o meio da tarde? Ainda mais em um parque. — Tá na hora da gente sair daqui.

Matheus me puxa pela mão e caminhamos em direção ao Museu Afro Brasil — decorei o caminho porque vim aqui algumas vezes quando criança. É um museu incrível, tem várias exposições temporárias e permanentes. Por um momento penso que vamos entrar no museu, mas Matheus altera a rota e me leva até o Planetário.

— Cê tá me zoando? — grito, completamente empolgado e fora de mim. — A gente vai entrar aqui? — Matheus faz uma careta e sorri em seguida. — Eu amo esse lugar! Meu pai me trouxe muitas vezes aqui, eu era o tipo de criança fascinada por planetas — conto. — Inclusive, foi aqui que ele me falou que, se eu quisesse, um dia poderia ter uma constelação só minha. A *Edu*. — Ele ri e me dá um beijo no rosto.

— Ó, acho que a gente precisa entrar logo. Não tô a fim de chegar atrasado pra sessão. — Me apresso e sigo Matheus para uma sala, onde há várias cadeiras dispostas lado a lado. Algumas delas estão ocupadas, mas encontro um lugar perfeito na terceira fileira.

Quando nos sentamos, as luzes se apagam. Ele aperta minha mão e uma música que imita a vibração do sol ecoa pela sala; aos poucos, imagens do espaço se formam à nossa frente, as vibrações aumentam conforme os planetas ocupam um espaço menor acima das nossas cabeças. O som dos anéis de Urano chama minha atenção, e Matheus dá um pulo da cadeira quando a vibração grave e intensa de Saturno se mistura ao som baixo e familiar da Terra. Quando o chiado distante e misterioso de Netuno preenche meus ouvidos, encontro seu olhar.

— Torcendo aqui pra que você tenha gostado — sussurra Matheus, deitando a cabeça em meu ombro. Se esse garoto sentado ao meu lado soubesse o que estou sentindo, me acharia maluco? É meio que um sentimento de pertencimento, de estar no lugar certo com a pessoa certa, de saber exatamente o que fazer em seguida. De sentir que não importa quanto tempo passe, esse dia vai ficar para sempre na minha memória. Assim como a imagem das estrelas que dei de presente a ele. É engraçado pensar nisso, que ele, mesmo sem saber, me trouxe até aqui. Sei que se pensar demais vou acabar chorando, mas espero que meu pai esteja feliz em saber que meu coração encontrou a sua própria galáxia.

Tem coisas que a gente não sabe como começam, nem tem ideia de como terminam. Mas de uma coisa temos certeza: elas acontecem por um bom e *raro* motivo.

11
Matheus

—Sabe, eu meio que tava pensando numa coisa enquanto ouvia esses sons estranhos — digo para Edu, me espreguiçando. — Acho que esse passeio é a melhor resposta pra sua pergunta.

— Que pergunta? — fala Edu, se aproximando um pouco mais de mim e deitando a cabeça em meu ombro. É como se tudo estivesse se alinhado e não restasse nenhuma dúvida dentro de mim. E pensar nisso me deixa feliz. Não lembro quando foi a última vez que alguém fez com que me sentisse dessa forma: completo. Edu gosta de mim pelo que eu sou e não faz pouco caso dos meus dramas, não debocha do meu corpo e me abraça como se fosse a melhor coisa do mundo. E bem, realmente é.

— Cê escreveu: "Feliz dia, não se esquece de sorrir e olhar pro céu quando se sentir sozinho. Dizem que há uma galáxia inteira além daqui, espero que esteja pronto pra viajar por ela comigo" — digo. Edu levanta a cabeça, semicerra os olhos e, quando imito seu olhar, ele pega minha mão.

— Mas meio que não foi uma pergunta, né? Foi tipo uma afirmação — responde ele com um sorriso irônico.

— Deixa eu terminar! — peço, animado. — E pensei: posso fazer isso de olhar pro céu depois da meia-noite, mas visitar uma galáxia inteira sozinho, não... Por isso te trouxe até aqui, pra responder essa pergunta. — As bochechas de Edu começam a corar e um sorriso se abre no meu rosto. O vento frio do ar-condicionado toca minha pele, as luzes continuam sua escalada até estarem completamente acesas e então ele me beija. É diferente da primeira vez, é mais intenso e corajoso. É tão verdadeiro quanto antes, mas ainda mais puro e cheio de palavras não ditas. Minha boca segue a trajetória da sua, explorando lentamente seus lábios. Quando abro os olhos e me afasto, as luzes iluminam a sala por completo, como o sol, surpreendente e ao mesmo tempo único. Não sei o que vamos fazer a partir de agora, mas sei exatamente o que dizer a ele.

— Se tem um universo inteiro pra gente conhecer, tô pronto pra fazer isso do teu lado. Talvez a gente possa levar um short com o rosto da Britney Spears ou uma camiseta com a frase "I kissed a girl and I liked it" da Katy Perry pra você! Acho que sorvete de flocos é uma boa também. — Edu ri e belisca meu braço com carinho. — Deve ter alguma praia lá em cima.

— Olha, eu não sei se tem praia e muito provavelmente seria bem errado a gente subir lá de shorts. Mas gostei da ideia da camiseta — sussurra com a voz um pouco grave, da mesma forma que fez quando leu um trecho da história do Alce.

— Tá, acho que consigo deixar isso pra outro momento então — admito, levantando da cadeira. Edu segura minha mão com força e eu faço o mesmo, como se dissesse: eu estou aqui e permanecerei por muito tempo.

Seguimos juntos em direção à saída do parque. À nossa frente, um garoto com uma mochila lotada de *pins* do Thor caminha ao lado de dois homens adultos de mãos dadas. Em um futuro não muito distante, talvez eu possa ter uma família como a deles, talvez eu consiga mostrar para o mundo a minha verdade. Edu foi a primeira pessoa que me permitiu navegar rumo ao desconhecido sem medo de chegar até o outro lado.

Quando atravessamos o portão, vejo um arco-íris cortando o céu. Se temos uma galáxia inteira só nossa, não me resta nada além de levá-lo nessa viagem comigo. Sei que tudo pode dar errado, mas também é possível que dê tudo certo, a gente só vai descobrir se tentar.

E lá no fundo nós dois estamos dispostos a fazer isso.

Só dá pra saber se acontecer

por Sofia Soter

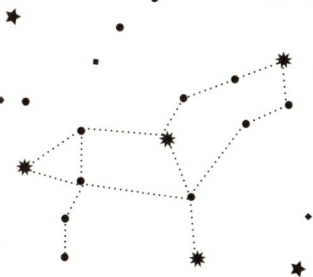

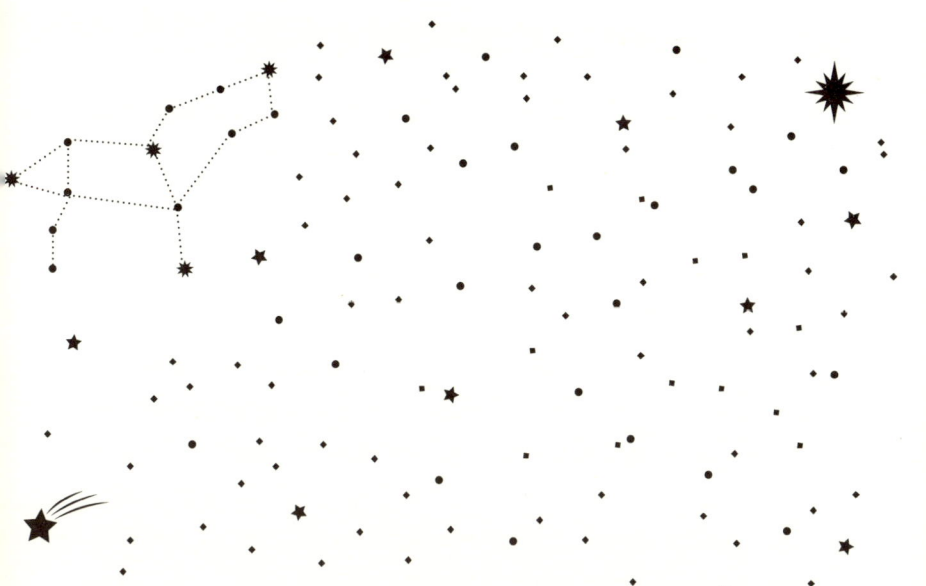

A manda amava muito o irmãozinho. Dez anos mais novo, filho da mesma mãe e de outro pai, André era carinhoso, engraçado e enchia bem menos o saco do que ela esperava quando soubera que ia deixar de ser filha única.

Aparentemente, amor suficiente até para aguentar uma festinha de aniversário de seis anos.

O play alugado do prédio, cheio de crianças que corriam e gritavam, cheirava a uma mistura de fritura de salgadinho, água de cozimento de salsicha e balão de festa, e a voz irritante da Xuxa ecoava por todos os lados. Pelo menos as crianças já tinham cantado e dançado "Baby Shark" sete vezes, o que Amanda supunha ser o máximo possível.

Se esquivando de um menino um pouco mais velho com a cara pintada de tigre, que rugia e corria aos tropeços, e tomando o cuidado para não pisar em mais uma bolinha de queijo que grudaria na sola do tênis, Amanda chegou ao canto mais vazio da mesa de salgadinhos. Pegou um dos pratinhos e empilhou uma seleção sortida na carinha desenhada do leão sorridente.

André tinha sido informado por algum colega da escola que seu signo era leão e, mesmo que não tivesse entendido bem o que era isso de signo, desde então se tornara obcecado pelo animal. Os últimos cinco meses tinham sido um mergulho intenso em brinquedos de leão, filmes de leão, fatos sobre leões. Portanto, era claro que ele tinha implorado para a mãe fazer a festa temática de leões. "Pelo menos não tenho que ver mais uma mesa decorada de Patrulha Canina", tinha sido a resposta de Eunice, que andava exausta do circuito social intenso de festinhas de seis anos. Amanda ficava impressionada com a popularidade do irmão.

Quando se sentou na beirada de um canteiro para comer os salgadinhos em relativa paz, uma menina com asas de fada — ela sempre se admirava com a dedicação infantil para se fantasiar em qualquer ocasião — se aproximou, trazendo na mão um dos arcos de cabelo com tufos imitando a juba de um leão que Amanda tinha passado o dia anterior preparando com a mãe e a tia Eudora. Sem dizer uma palavra, a menina-fada, que parecia ter uns quatro anos, estendeu o arco para ela.

— Para mim? — perguntou Amanda.

A menina fez que sim com a cabeça, sorrindo.

— Obrigada — disse, pegando o arco da mãozinha melada de refrigerante e o pondo na cabeça.

A menina-fada abriu ainda mais o sorriso e foi embora, correndo de volta para uma brincadeira qualquer.

Amanda riu e tirou o celular do bolso para uma selfie, fazendo uma careta para a câmera como se estivesse rugindo. Hesitou por um instante, mastigando um miniquibe, e mandou a selfie para Ruan.

Normalmente, ele estaria ali, mas desde o término do namoro as coisas andavam um pouco esquisitas entre os dois. Mesmo três meses depois de tudo, Amanda não havia tido coragem de convidá-lo para a festa do André, e Ruan também não tinha mencionado o assunto.

RAWWWWWWR

A primeira resposta a fez rir. Depois de uns segundos, chegaram as próximas.

AAAH, o André continua obcecado por leões?

Tinha esquecido que era aniversário dele!!! Por que você não me lembrou???

Manda parabéns pro meu irmãozinho postiço preferido!

Amanda se sentiu um pouco boba por não ter feito o convite. Ruan visivelmente não se incomodaria, e ela estava com saudades. Se estivesse ali, ele faria companhia para ela, se encheria de salgadinhos, riria horrores, a convenceria a subir na cama elástica e no escorregador e acabaria sendo o centro das atenções das crianças, que o amavam perdidamente. Todo mundo sempre amava o Ruan. Amanda inclusive, só não do jeito que tinha tentado nos últimos dois anos.

Enquanto pensava no que responder, André apareceu, dando pulos de animação. Estava sorridente, mostrando a janelinha do dente da frente, que caíra dois dias antes. Amanda precisou resistir ao impulso de lamber o dedo e esfregar para limpar o canto da boca dele, que estava sujo de molho de tomate.

— Oi! — cumprimentou André, dando um abraço apertado e rápido na irmã.

— E aí? Tá gostando da festa? — perguntou Amanda, fazendo um carinho no cabelo cacheado e bagunçado do irmão.

— Muito! — respondeu André, ainda pulando.

Amanda se impressionava com a energia contida naquele corpinho ainda tão pequeno.

— O Ruan te mandou parabéns — disse ela.

Sabia que o sumiço recente de Ruan tinha sido esquisito para André. Afinal, Amanda e Ruan eram melhores amigos desde que se entendiam por gente e André se acostumara a vê-lo quase como um irmão mais velho. Ela acabara tendo que explicar para ele, da forma mais didática possível, que ainda era muito amiga de Ruan, mas que eles não eram mais namorados porque ela não estava interessada em ter namorados, apenas, quem sabe, namoradas. André, com a resiliência inata das crianças, tinha só perguntado se uma namorada de Amanda também jogaria videogame de *Star Wars* com ele e se ele ainda podia ser amigo de Ruan.

— Obrigado! — disse André. — Vem comigo! Quero te mostrar uma coisa!

Amanda era quase capaz de enxergar as exclamações no fim de todas as frases de André. Enfiou o último miniquibe na boca, deixou o pratinho de lado e limpou as mãos na calça jeans antes de ficar de pé e pegar a mão que o irmão estendia. Assim que os dedos dele se entrelaçaram nos dela, André saiu correndo, puxando a irmã atrás, até chegarem ao lado da cama elástica, na frente da qual se formava uma fila que Amanda sabia, por experiência própria, que logo daria em briga.

— Essa é a Amanda! — disse André, apresentando-a para uma menina da turma dele que ela já tinha visto uma ou outra vez.

— Prazer — disse Amanda, sorrindo para a menina, que tinha cachinhos muito loiros e usava um monte de colares de miçangas coloridas por cima do macacão jeans. — Como você se chama?

— Jasmine — respondeu a menina, desviando o olhar, um pouco tímida. — Essa é minha irmã, Marisa — acrescentou.

Foi só então que Amanda notou que a menina estava de mãos dadas com uma garota mais velha, adolescente, provavelmente mais ou menos da idade de Amanda. A semelhança era visível: as duas eram brancas, com bochechas bem rosadas e loiras, apesar de Marisa ter o cabelo mais comprido, um pouco mais escuro e mais ondulado do que cacheado. O estilo também parecia ser de família, porque Marisa usava uma camisa florida, short jeans e uma quantidade impressionante de colares, pulseiras, anéis e brincos coloridos e brilhantes. Parecia uma professora de artes de desenho animado.

— Oi, Marisa — disse Amanda, com o sorriso cúmplice das irmãs mais velhas.

— Oi! — cumprimentou Marisa, com um aceno, parecendo conter uma risada. — Você já sabe o que esses dois estão aprontando?

Amanda olhou de volta para baixo, para André e Jasmine, que a olhavam atentos, soltando risinhos.

— Não — confessou Amanda. — Você?

Marisa sacudiu a cabeça em negativa e olhou também para a irmã, esperando por uma explicação. As crianças coraram e riram mais um pouco, até que Amanda levantou a sobrancelha, do jeito que fazia sempre que ameaçava começar um ataque de cosquinhas em André.

— É-sua-namorada-nova! — soltou André, embolando as palavras em meio a risadas.

Amanda demorou para entender.

— Quê? — perguntou, franzindo a testa e se abaixando um pouco para escutar melhor.

— A Marisa também sabe jogar videogame de *Star Wars*! — disse ele, mais devagar.

Amanda tinha certeza de que aquilo não era o que o irmão tinha dito antes, então esperou que ele ou Jasmine se explicassem melhor. Jasmine, mais tímida, se aproximou mais da irmã e abaixou a cara, ainda rindo.

— Assim vocês podem namorar! — explicou André, abrindo o sorrisão de janelinha.

— Jasmine? — disse Marisa, querendo que a irmã explicasse a situação ridícula.

Jasmine criou coragem para olhar na cara da irmã, depois na cara de Amanda, só para então cair na gargalhada e sair correndo. André aproveitou a deixa e escapuliu da mão da irmã, correndo atrás da amiga. Amanda pensou em correr atrás do irmão, enchê-lo de cosquinha e dizer que ele não podia simplesmente arranjar uma namorada para ela assim do nada, mas a gargalhada de Marisa a conteve.

— Prazer, nova namorada — disse Marisa, ainda rindo e estendendo a mão.

Amanda olhou para a mão de Marisa e caiu na gargalhada, finalmente transformando o constrangimento em humor.

— Prazer — conseguiu dizer, entre risos.

Apertou a mão de Marisa, mas o gesto foi fraco e desajeitado. Sua mão sempre perdia a força quando ela ria demais.

— Por que seu irmão queria tanto te arranjar uma namorada? — perguntou Marisa.

Amanda temeu que a pergunta tivesse um quê de ofensa, mas quando olhou para Marisa, viu que ela sorria, os olhos brilhando, parecendo genuinamente interessada.

— Ele está com saudade de jogar videogame com meu ex — explicou Amanda, meio brincando.

— Ah, você também é bi?

A tranquilidade da pergunta chocou Amanda. Ela ainda não estava acostumada a ser tão direta e aberta em relação à própria sexualidade.

— Não, sou lésbica — respondeu, orgulhosa pela voz não falhar no meio da frase. — Daí o ex ser ex.

— Ah — disse Marisa, assentindo com a cabeça. — Faz sentido. É recente?

— Ser lésbica? — perguntou Amanda, confusa.

Marisa riu um pouco.

— Não, o término — se explicou.

Amanda fez uma careta, notando a obviedade.

— Claro, isso faz mais sentido — falou. — É... mais ou menos. Tem uns três meses.

— E vocês namoraram muito tempo?

Durante a conversa inteira até ali, as duas estavam em pé ao lado da confusão de crianças na fila para o brinquedo, mas Marisa se sentou em uma cadeira de plástico de armar logo depois da pergunta. Amanda puxou a cadeira mais próxima e a virou, sentando-se ao contrário, com as pernas abertas ao redor do espaldar.

— Dois anos, por aí — respondeu.

Amanda assobiou, impressionada.

— E vocês têm quantos anos? A gente deve ter a mesma idade, né? Dezessete?

— Eu tenho dezesseis, ele tem dezessete — confirmou Amanda. — Mas é que a gente era melhor amigo desde pequenininho, então sei lá.

— Vocês perderam a amizade quando terminaram o namoro, já que seu irmão tá sem um parceiro de *Star Wars*? — perguntou

Marisa, parecendo sinceramente triste, se inclinando um pouco para a frente. — Isso deve ter sido o mais difícil.

Amanda sentiu que corria o risco de chorar. Era a primeira pessoa que tinha entendido o que mais doía naquela situação. De resto, as reações das pessoas tinham ido de achá-la insensível por ter "enrolado" Ruan por dois anos se nem gostava de homem até ficar triste por ela perder um namorado, mas até agora ninguém tinha se mostrado triste pela possibilidade de Amanda perder um amigo. Seu melhor amigo.

Piscou, para conter as lágrimas. Não queria chorar de repente na frente de uma garota simpática que acabara de conhecer em um contexto razoavelmente constrangedor no meio de uma festa infantil.

— A gente não perdeu a amizade exatamente. Só tá meio esquisito, sabe? Mudar a nossa relação e tal... — Amanda se explicou, abaixando a voz. — Mas é o mais difícil, sim. Na verdade... — hesitou, tentando pôr em palavras o que ainda não tinha conseguido. — Foi por isso que eu demorei tanto tempo para terminar com ele. Não queria perder ele como amigo, mesmo quando entendi que não era daquele jeito que eu gostava dele, então achei que era melhor continuar namorando do que não ter o Ruan na minha vida.

As últimas palavras saíram embargadas, as lágrimas voltando com tudo. Amanda fechou os olhos com força para contê-las. Sentiu o rosto quente, pela mistura do esforço para não chorar e da vergonha. Ainda de olhos fechados, sentiu um toque em seu braço — a mão de Marisa, com unhas compridas e muitos anéis, apertando seu punho com carinho.

— Tenho certeza de que vocês vão voltar a ser amigos como antes — falou Marisa.

A sinceridade na voz dela era tanta que Amanda quase se convenceu a acreditar.

— Eu passei por uma situação parecida com minha amiga Iane — continuou Marisa, tranquila, sem tirar a mão do braço de Amanda. — Não foi tanto tempo assim, mas a gente ficou por uns meses no primeiro ano e, quando terminamos, ficou um clima muito esquisito. Atrapalhou toda a dinâmica do nosso grupo de amigos, eu me sentia megainsegura perto dela e além do mais eu morria de saudade, sabe? Não de *ficar* com ela, só de... ficar com ela. Tipo, eu sentia saudade de papear com ela, dançar nas festas e tal, mesmo que não quisesse mais beijar nem nada.

Amanda abriu os olhos aos poucos, a vontade de chorar retrocedendo como uma onda.

— E aí? — perguntou baixinho, quando percebeu que Marisa não ia continuar.

— Ah, desculpa, me perdi pensando em como "ficar" é uma palavra idiota pra beijar, porque significa tanta coisa. Quem foi que inventou isso? Enfim! — retomou Marisa, sacudindo a cabeça. — A gente levou um tempinho, mas acabamos voltando a ser amigas. Hoje em dia a gente até faz piada sobre o tempo em que a gente ficou! Ai, de novo essa palavra idiota — resmungou. — Mas nós duas estamos ótimas, amigas como nunca, até passamos a lanchar toda segunda depois das aulas da tarde dela, porque é o dia em que eu fico no colégio mais tempo para ajudar no teatro.

— Vocês não são da mesma turma?

— A gente era, mas eu repeti o segundo ano, então agora ela está no terceiro.

Mais uma vez, Amanda se impressionou com a tranquilidade com que Marisa tinha falado isso. Não conhecia muita gente que diria calmamente para uma desconhecida que era bi, ou que falaria imediatamente sobre crises emocionais de melhores amigos e ex-namoradas, nem que estaria tão relaxada com ter repetido o ano.

— Onde vocês estudam? — perguntou Amanda, desviando um pouco a conversa, sem saber qual era a resposta adequada para quando alguém falava de repetir o ano.

— No Ipiranga. E você?

Essa informação contextualizava bem Marisa. O Ipiranga era um colégio pequeno em Laranjeiras, conhecido por ser razoavelmente alternativo, cheio de filhos de artista. Bem diferente do colégio de Amanda: uma rede católica enorme com campi espalhados pelo Rio de Janeiro, uniforme até o terceiro ano e ranking de turma por nota.

— No Santa Clara, o da Gávea — respondeu.

Amanda tinha certeza, pelo olhar de Marisa, que a garota passava pelo mesmo processo de raciocínio dela.

— Não deve ter sido tão tranquilo sair do armário no Santa Clara, né? — perguntou Marisa.

Amanda deu de ombros.

— Não é como se eu tivesse feito um grande pronunciamento no pátio, nem nada. Pra ser sincera, acho que me enchem menos o saco agora do que antes de eu sair do armário, porque quando uns idiotas me chamam de lésbica, fancha ou sapatão, eles logo reparam que só funciona como ofensa se eu estiver escondendo.

Marisa riu, apertando o braço de Amanda com um pouco mais de força por um instante. Amanda não tinha reparado que a mão dela ainda estava ali.

— Ser bi no Ipiranga é tranquilo, mas isso pra mim, que tenho essa cara, esse estilo... A Iane, que eu mencionei, tem um estilo bem mais caminhoneira, sabe, aí pegam no pé dela de vez em quando até hoje. Mas pelo menos a gente tem um bom grupo de amigos, quase ninguém é cis e hétero.

Amanda arregalou os olhos. Nunca tinha considerado a possibilidade de ter um grupo de amigos que fosse principalmente LGBTQIAP+. Além do Ruan, ela tinha mais alguns amigos, mas, até onde sabia, eram todos héteros. Nenhum deles tinha reagido exatamente *mal* quando ela saíra do armário — a maioria tinha dito que já suspeitava fazia tempo —, mas ninguém conversava com ela sobre o assunto também. Tinha mais gente LGBTQIAP+ no Santa Clara, óbvio, mas ela conseguia contar nos dedos os alunos do ensino médio da Gávea assumidos, apesar de só o terceiro ano ter oito turmas com mais de trinta alunos em cada uma.

— Que legal — respondeu Amanda, sem conseguir esconder o fascínio da voz. — Eu não tenho amigos assim.

— Bom, agora você tem pelo menos uma — disse Marisa, fazendo um carinho no braço dela antes de afastar a mão para pegar o celular. — Peraí, vamos tirar uma selfie para eu mandar pro pessoal. Eles vão adorar saber que duas crianças de seis anos me arranjaram uma namorada gata.

Amanda riu e corou, constrangida, e chegou a cadeira mais perto da de Marisa. Depois da selfie, não se afastaram, mas continuaram conversando por horas, até a tarde escurecer, André apagar as velinhas e todo mundo se encher de brigadeiro. Quando Marisa teve que ir embora, já tinham quase acabado os saquinhos de lembrancinha, que continham balas, adesivos de leões, um ioiô e uma cartolina quadrada acompanhada de instruções de dobradura para montar um leão de papel colorido. Elas se despediram com um abraço e Marisa deu um beijo na bochecha de Amanda antes de roubar o arco de cabelo de leão e prendê-lo na própria cabeça.

Um pouco mais tarde, enquanto Amanda ajudava a mãe e a tia Eudora a arrumarem o caos deixado por crianças com o poder de destruição de um tsunami, seu celular vibrou com uma mensagem. Era de Marisa: uma captura de tela do grupo de WhatsApp com os amigos, das respostas à selfie, um monte de elogios e figurinhas engraçadas.

MARISA NAMORADA
Viu, o André e a Jasmine acertaram, somos um casal lindíssimo! Hahahaha

Amanda desconversou quando a mãe perguntou por que ela sorria tanto ao ver o celular e voltou a varrer confete do chão de concreto.

* * *

No intervalo do dia seguinte, Amanda esperava um croissant recheado de chocolate na fila da cantina, porque só assim para sobreviver a uma segunda-feira de chuva depois do domingo exaustivo, quando sentiu um tapinha no ombro. Num susto, virou para ver quem era e tirou os fones de ouvido, que deixou pendurados no pescoço.

— Foi mal pelo susto, é que você não me ouviu — disse Ruan, sorrindo. — Tá escutando o quê?

Amanda passou os fones para ele, num gesto automático. Ruan enfiou os fones nos ouvidos, fechou os olhos, balançou um pouco a cabeça no ritmo e os devolveu a Amanda, com uma careta.

— Ainda não sei como você gosta dessas músicas tão deprê — comentou, uma conversa que se repetia toda vez.

— Você é fã de sertanejo! Todas as letras são sobre levar pé na bunda! — argumentou Amanda, como sempre o fazia.

No entanto, daquela vez a menção a pé na bunda soou cruel aos próprios ouvidos.

— Desculpa, eu não... — emendou, mas Ruan só riu, fazendo um gesto com a mão para que ela parasse.

— Relaxa — insistiu Ruan, abrindo o sorriso que contagiava todos a seu redor. — Olha, queria falar um negócio com você — continuou, abaixando um pouco mais a voz e olhando ao redor. — Sei que a gente ainda tá meio, né, *assim* — disse, gesticulando no espaço entre eles, como se explicasse alguma coisa —, mas você pode me contar o que tá rolando, tá? Não precisa ficar com vergonha de me falar que tá namorando. Eu fico feliz por você, real.

— *Quê?* — perguntou Amanda, chocada.

A voz dela saiu mais alta do que planejava, chamando a atenção de alguns dos outros alunos na fila. Ela olhou ao redor e esperou que todos se distraíssem com os próprios assuntos para voltar a olhar para Ruan.

— É sério, estou sendo sincero. Só quero que você seja feliz, Mamá, você sabe disso, né?

O tom dele era tão honesto que Amanda teve que conter o impulso de fazer uma piada para afastar a tensão. Ruan demonstrava afeto e falava de assuntos sentimentais com tanta desenvoltura que ela às vezes sentia até uma certa inveja.

— Não — disse Amanda, sacudindo a cabeça. — Quer dizer, sei, claro — se corrigiu, porque, no fundo, sabia mesmo. — É só que... quem te falou que eu estou namorando?

Ruan mordeu o lábio, um pouco envergonhado.

— Foi a Tami, mas não briga com ela, por favor? Ela só achou que eu talvez já soubesse, não sabia que era segredo e...

— Não, não é segredo...

"Não é segredo porque não é verdade", era o que Amanda queria dizer, mas Ruan a interrompeu.

— Ela não falou que era mesmo, mas pela sua reação... Só que ela estava tão tranquila, sabe? Disse que todo mundo já sabia, que o Tito tinha contado pra ela porque parece que o priminho dele é amigo da irmãzinha da... Qual é o nome mesmo da sua namorada? Desculpa, a Tami me falou, mas eu esqueci. Mari? Marcela?

— Marisa — respondeu Amanda, começando a entender o que podia estar acontecendo.

— Isso! — concordou Ruan. — Posso chamar ela de Mari? Ou ela não gosta?

Ruan era viciado em dar apelidos. Tami, no caso, era Tamires, e Tito era Tiago, namorado dela. Só Ruan chamava Amanda de Mamá, desde o jardim de infância. Agora, queria apelidar até a namorada de mal-entendido de Amanda, que ele nem conhecia.

— Não sei — disse Amanda, sinceramente. — Mas Ruan, ela não...

— Olha, sério — insistiu Ruan, apoiando as mãos nos ombros de Amanda.

Ela levantou o rosto para olhá-lo nos olhos, apesar de ele ter uns bons trinta centímetros a mais do que ela.

— Não precisa esconder isso de mim — continuou Ruan. — Nem precisa dar desculpa, nem nada. Na verdade, para mostrar o quão tranquilo e feliz eu estou, quero fazer um convite para você e para a Mari.

Amanda piscou algumas vezes, sem saber o que dizer. Devia insistir em corrigir a confusão de Ruan, explicar que tinha sido causada por um telefone sem fio de fofocas de crianças de seis anos, mas aí pensou que precisaria contar por que André queria arranjar uma namorada para ela e isso levaria a uma conversa sobre o término deles e...

— Você lembra que é meu aniversário sábado, né? — perguntou Ruan.

Amanda revirou os olhos. Mesmo que passasse o resto da vida sem falar com Ruan, nunca esqueceria o aniversário dele. Era parte tão fundamental do calendário quanto o dela, e não só porque era pertinho do aniversário de André.

— Eu vou mesmo fazer aquela viagem no fim de semana, para comemorar com estilo — continuou ele, sorrindo animado. — Dezoitão, cara! Acredita? Aí a gente vai pra casa do padrasto da Lilica, na serra. Vamos sexta depois da aula, voltamos domingo à noite. Eu queria ter te convidado antes — se explicou Ruan, desviando o olhar pela primeira vez, visivelmente envergonhado —, mas acho que também tenho estado meio esquisito pra te contar essas coisas.

Amanda não diria nada, mas claro que sabia da viagem. Fazia um mês que os amigos mudavam de assunto estrategicamente sempre que ela se aproximava.

— Mas agora, pra gente se resolver de uma vez por todas — prosseguiu Ruan, voltando a olhá-la nos olhos, sorridente como sempre —, o convite oficial: você e a Mari querem comemorar meu aniversário com a gente? Antes de dizer não, deixa eu insistir que vai ser muito legal, que estou disposto a cobrir a parte de vocês no rateio da cerveja e da comida porque não é justo cobrar já que convidei as duas com menos de uma semana de antecedência e que, repito, vai ser *muito legal*. Sério, você já viu fotos da casa do padrasto da Lilica?

— Mas Ruan...

"A Mari — Marisa! — não é minha namorada! A gente se conheceu ontem!"

— AMANDA! — gritou a Dona Tânia da cantina, estendendo o croissant de chocolate como se não soubesse quem ela era nem a visse bem ali.

— Obrigada — disse Amanda, pegando o croissant quentinho e dando uma mordida antes de se voltar para Ruan.

— Por favor? — insistiu ele, apertando os ombros dela com carinho. — Vocês podem até vir no carro comigo, a Lilica e aquele namorado velho dela.

— O namorado dela é só um ano mais velho que você — argumentou Amanda.

— Ele está na *faculdade*, Amanda! — disse Ruan, como se a diferença entre a faculdade e o terceiro ano do ensino médio fosse enorme. — Mas a vantagem de ele ser velho é que ele dirige e tem carro e, como eu sou o aniversariante, posso curtir esse luxo em vez de pegar ônibus com todo mundo. O Frodo e o Frade iam com a gente, mas posso expulsar os dois para vocês irem no carro, eles vão entender.

— Não precisa, sério — insistiu Amanda.

— Tá, vocês podem ir de ônibus com geral se acharem melhor, mas por favor, Mamá. Convida ela, pelo menos?

Sentindo-se vencida, Amanda assentiu. Podia, pelo menos, convidar. Marisa acharia engraçado, provavelmente, mas não aceitaria ir e tudo estaria resolvido. Em último caso, podia fingir que tinha convidado e depois dizer para Ruan que *Mari* tinha um compromisso importante no fim de semana e que ela também estava ocupadíssima, mesmo que seu plano fosse só ganhar do André no videogame e fazer um trabalho de química que estava um pouco atrasado.

— Tá — falou, por fim. — Obrigada — acrescentou, notando que era no mínimo educado agradecer ao gesto generoso e carinhoso de Ruan, mesmo que meio atrapalhado.

— Eu que agradeço! — respondeu Ruan, e a puxou para um abraço apertado.

Ele a soltou em um segundo e começou a correr de costas com um sorriso enorme no rosto, provavelmente precisando voltar a algum jogo importantíssimo de truco.

— Vou te mandar os detalhes por mensagem! Mal posso esperar pra conhecer a Mari! — gritou ele, antes de sumir de vista.

Amanda fez a careta que estava contendo aquele tempo todo e deu mais uma mordida no croissant. Será que ainda dava tempo de entrar na fila de novo antes de o sinal tocar? Aquela segunda-feira definitivamente precisava de uma dose dupla de chocolate.

* * *

Quando Amanda chegou em casa, só queria tirar o uniforme encharcado pela combinação de um ônibus e uma poça, tomar um banho bem quente, vestir um pijama e voltar pra cama. Tinha dever de casa para fazer, o quarto estava meio bagunçado e já antecipava a bronca se não o arrumasse, e precisava decidir o que fazer em relação ao aniversário de Ruan, além de pedir para o André e pra Jasmine prometerem parar de falar pra todo mundo que ela e a Marisa estavam namorando.

No entanto, o apartamento estava vazio quando ela chegou — o padrasto no escritório, a mãe dando aula, André na escolinha — e a preguiça da segunda-feira era forte demais. Amanda se contentou com dar só uma ajeitada no quarto depois do banho quente e do almoço e folhear o fichário para ver se podia deixar o dever de casa para o dia seguinte, então cedeu ao apelo do pijama e da cama quentinha.

Seguindo suas próprias regras para conter a preguiça, não vestiu o mesmo pijama que usaria à noite — que era um pijama de dormir, diferente dos pijamas de cochilar, uma divisão arbitrária que desenvolvera ao longo dos anos e jurava fazer sentido — e deitou na cama feita, puxando só uma mantinha decorativa para cobrir as pernas em vez de deitar debaixo das cobertas. Ligou o computador e deu play numa série policial que tinha começado a assistir na semana anterior.

Acordou com o som de vozes na sala, a série uns dois episódios depois do que tinha tentado assistir, o quarto já escuro. Não se lembrava de ter dormido e, em vez do relaxamento desejado, sentiu o nó de mau humor que entalava seu peito em dias como aquele. Odiava cochilar por mais de uma hora, odiava acordar no escuro, odiava o gosto esquisito da boca na hora errada do dia, odiava os barulhos misturados da série no computador e das vozes da mãe e de André na sala, odiava ter que levantar e conversar como se não estivesse naquele humor ruim, odiava o desastre certamente causado no cabelo por dormir com ele ainda meio molhado, odiava as notificações piscando na tela do celular, odiava a bateria que não durava nada e estava ameaçando acabar, odiava ter que resolver essa situação idiota do aniversário do Ruan.

Enfiou a cara no travesseiro e gritou, método que achava meio ridículo, mas que funcionava para diminuir aquela nuvem que parecia ter entrado pela janela para se alojar na cabeça dela. Considerou tomar mais um banho, porque também era algo que ajudava naquelas horas, mas achou que três banhos no mesmo dia, sendo que nem era verão, seria passar dos limites. Fechou o laptop, botou o celular para carregar, tirou o pijama e o enfiou na cesta de roupa suja, vestiu uma camiseta e uma calça de moletom manchada que não cabia mais tão bem, mas que tinha um cheiro reconfortante de roupa velha, e se esgueirou para o banheiro, onde lavou o rosto, escovou os dentes e tentou, sem muito sucesso, ajeitar o formato peculiar que o cabelo curto tomara enquanto dormia.

Sentindo-se pelo menos cinquenta por cento melhor, respirou fundo e foi até a sala. Encontrou a mãe arrumando compras na geladeira da cozinha americana e André sentado ao balcão, mordendo a ponta de um lápis e encarando concentrado uma folha de dever de casa. Ele estava imundo, a barra da calça suja de lama, a camiseta do uniforme manchada de pelo menos duas cores de tinta e a mão esquerda com riscos azuis de caneta. Conhecendo o irmão, sabia que ele ia reclamar até ser convencido a tomar um banho. Pelo menos tinha deixado os tênis e as meias sujas de terra perto da porta do apartamento.

— E aí, peste — cumprimentou Amanda, puxando um pacote de biscoito de um saco de mercado que a mãe tinha deixado no balcão e se sentando do lado do irmão. — Como foi a escola hoje?

Queria brigar com ele por causa da fofoca sobre Marisa, mas ainda não tinha decidido como explicar o problema da coisa, nem o que queria pedir que ele fizesse. Além disso, se começasse a conversa na frente da mãe, viriam perguntas sobre essa tal de Marisa, opiniões sobre ela ser ou não uma boa namorada para Amanda e comentários exageradamente entusiasmados ou com um fundo de ressentimento — ela não sabia qual das versões seria, porque a reação da mãe a Amanda ser lésbica variava dia a dia. Pelo menos ela estava se esforçando, o que era melhor do que Amanda esperava.

— Muito legal! — respondeu André. — Todo mundo gostou da festa ontem! A gente hoje fez retrato na aula de artes! E aprendeu o que é animal, vegetal e mineral! Eu já sabia e a professora me deu parabéns!

— Que bom — disse Amanda, com um sorriso relutante, mastigando um biscoito.

As exclamações constantes do irmão faziam começar a surgir uma dor de cabeça leve, mas ele era tão fofo que ela se sentia um pouco menos irritada.

— Quer ajuda com o dever? — perguntou, olhando para a folha que André encarava.

— Ele tem que fazer sozinho! — interveio a mãe. — Eu nunca te ajudei a fazer dever, ajudei?

Amanda revirou os olhos.

— Não, mãe. É verdade — concordou.

— E para de comer biscoito, já é quase hora do jantar. Se tá com fome, vem me ajudar com as compras, que a gente janta mais rápido.

— A gente vai jantar sem o papai? — perguntou André, levantando o olhar do dever.

— Não, meu amor, a gente espera o papai pra jantar — respondeu Eunice. — Mas dá pra começar a *fazer* o jantar antes, se sua irmã ajudar quem precisa mesmo, que sou eu.

Amanda segurou um suspiro e pulou do banquinho. O humor ainda não estava dos melhores, mas se comprasse uma briga, só ia piorar. Deixou os biscoitos de lado e, tentando ignorar as reclamações da mãe, pegou um dos sacos de mercado para separar as compras.

Só pegou o celular de novo depois de ajudar a mãe com as compras, a comida e o banho de André, depois que o padrasto chegou do trabalho, depois de jantar, depois de lavar a louça, depois de escovar os dentes e voltar para o quarto para finalmente encarar o próprio dever de casa. Quando tirou o aparelho do carregador, viu que, além das notificações costumeiras de redes sociais e grupos do WhatsApp, havia algumas de Ruan insistindo para que ela convidasse "Mari" e dizendo que, se quisesse, era só passar o número do celular dela para que ele a incluísse no grupo de combinação da viagem. Amanda tinha nutrido alguma esperança de que Marisa soubesse por conta própria o que a irmã andava espalhando e mandasse uma mensagem antes, mas não tinha nenhuma notificação dela, então se resignou a iniciar aquela conversa constrangedora.

Pensou em como dizer o que tinha a dizer. Podia falar de outra coisa e aí mencionar o convite de Ruan, rindo como se fosse uma brincadeira. Podia se desculpar profusamente pela confusão. Podia pedir pra Marisa dar na irmã a bronca que a própria Amanda não tinha tido coragem de dar no irmão. Podia ser ousada e simplesmente convidá-la, como se fosse ideia dela, como se elas fossem mesmo as namoradas que todos achavam que eram. Por fim, se lembrando de como Marisa fora sincera, tranquila e aberta no dia anterior, decidiu tentar o mesmo método.

Você nem imagina o que aconteceu hoje, começou.

* * *

O celular vibrou no bolso de Amanda durante o café da manhã. Estava tão morta de sono que se serviu de um pouco de café com leite em vez do Nescau de costume. Tinha dormido tarde, conversando com Marisa até o sono das duas ser maior do que a capacidade dos dedos se moverem para digitar, e pressentia que a mensagem que chegara agora também era dela. Afinal, quem mais mandaria mensagem tão cedo?

Hesitou antes de abrir. Na noite anterior, explicara a situação inteira — o mal-entendido, o quanto Ruan estava sendo bem-intencionado, o medo de decepcioná-lo, a história toda da viagem — e Marisa tinha reagido muito melhor do que ela própria reagiria se os papéis fossem invertidos. Além de achar o mal-entendido engraçado, Marisa acabou dizendo que adoraria viajar no fim de semana. Ela adorava fazer amigos novos, adorava a serra, e tudo o que queria era uma desculpa para não estar em casa naquele fim de semana. Pelo que tinha explicado, um tio que morava no Rio Grande do Sul viria passar uns dias na casa dela com a filha, e ela não suportava nenhum dos dois — eram conservadores, faziam comentários homofóbicos e bifóbicos sempre que podiam, falavam sem parar e Marisa era sempre obrigada a ficar quieta e ser simpática, porque a mãe não queria causar confusão na família. O único obstáculo era os pais deixarem que ela fosse. "Ou eles vão gostar de eu não estar por perto para comprar briga, ou vão insistir para eu ficar e ser educada", explicara, dizendo que perguntaria na manhã seguinte.

Parte de Amanda queria que Marisa dissesse que não poderia viajar, porque assim poderia dizer não a Ruan — quem sabe até inventar que tinha sido convidada para ir à casa de Marisa conhecer o tal tio, ou que Marisa precisava do apoio dela para aguentar os parentes chatos. Se fosse essa a resposta, o problema estaria resolvido, ela passaria o fim de semana jogando videogame com André e poderia ouvir as fofocas da viagem na semana seguinte com tranquilidade. O convite de Ruan já a ajudava a se sentir mais à vontade com ele — talvez, como Marisa tinha dito, eles pudessem mesmo retomar a amizade de sempre, ou ainda melhor, ela se tornar mais forte, e eles, mais próximos — e um dia ela contaria que tinha sido tudo um mal-entendido com Marisa e eles poderiam rir dessa época esquisita em que tinham achado boa ideia namorar.

O que causava a hesitação, entretanto, era a outra parte de Amanda: a parte que tinha ficado feliz, não só apavorada, quando Marisa dissera que adoraria viajar com ela, mesmo que fosse inusitado. Aquela parte tinha sorrido até de madrugada, jogando conversa fora e pensando em passar uns dias na companhia daquela menina tão interessante e que aparecera em sua vida de forma tão inesperada, aliviada por ter um caminho para reestabelecer a amizade com Ruan com mais segurança e feliz com a perspectiva de se divertir um pouco com os amigos. Fazia tanto tempo que não saía em grupo com todo mundo assim. Sentia-se meio esquisita perto da galera, que evitava assuntos perto dela e fazia com que ela evitasse assuntos perto deles... desde o término com Ruan, claro, mas, pensando bem, tinha começado a se afastar uns dois meses antes, quando ela decidira finalmente terminar com ele e começara a preparar o terreno da coragem. Sabia que, no fundo, tinha se afastado aos pouquinhos dos outros amigos para que o estranhamento doesse menos. Para se proteger caso eles todos ficassem do lado de Ruan e a considerassem uma ex-namorada horrorosa, com medo ou nojo ou desprezo por ela, pelo que fizera com Ruan, por ser quem era.

Mas, se aproveitasse a oportunidade daquele mal-entendido, se mentisse mais um pouquinho só — afinal, ela gostava de Marisa e elas se davam bem; era só exagerar um pouco, aumentar a história —, talvez pudesse ter tudo de volta: Ruan, os amigos e até essa amiga nova. Sem precisar esconder uma parte tão importante de quem era e do que sentia, como fizera por tanto tempo. Talvez, na verdade, fosse até mais fácil assim: passaria pelo nervoso de apresentar uma namorada para os amigos sem o medo que viria com o fato de ter uma namorada de verdade. Seria uma espécie de test drive.

No fim das contas, não dependia dela. Pegou o celular do bolso e abriu as mensagens de Marisa.

Eles deixaram!!!!!!!!!!!!!!!!!!!

Obrigada por me salvar do tio Armando e da chata da Clarice!!!!!!!!!!!!!!!!!!!!

Acompanhando, uma figurinha de uma lagartixa que parecia estar dançando. Amanda cobriu a boca para conter a gargalhada. Mordeu o lábio, segurando o sorriso que se abria, e respondeu com uma figurinha do Lula dançando para comemorar. Marisa mandou de volta uma figurinha de cachorro sorridente. E assim continuaram, trocando figurinhas cada vez mais ridículas até Marisa dizer que tinha chegado à aula e precisava guardar o celular.

* * *

Ruan ficou exultante ao saber que Amanda iria na viagem e levaria a namorada. Pegou o celular na mesma hora para mandar mensagem para Frodo e o irmão, Frade — na verdade eles se chamavam Sérgio e Tiago, mas a mania de apelidos de Ruan não tinha limites —, se virarem e pegarem o ônibus, mas Amanda o impediu e insistiu que iria de ônibus com Marisa. Apesar da preguiça da rodoviária, não queria a dose concentrada e imediata de tensão do encontro entre Ruan e Marisa.

Na sexta, todos iriam de mala e cuia para a escola e, depois da aula, Ruan sairia com Lilica, Frodo e Frade no carro do JP, namorado da Lilica, enquanto Amanda se juntaria a Tami, Tito, Vivi, Manu e Gui na direção da rodoviária, onde Marisa os encontraria. Estava tudo bem combinado e, quanto mais o dia se aproximava, mais animada Amanda se permitia ficar.

Não seria tão difícil fingir namorar Marisa, afinal. Não era como se ela e Ruan fossem muito dados a beijos públicos ou gestos românticos quando namoravam, então podia argumentar que era tímida e ser igual com Marisa na frente dos amigos. De resto, era só enrolar um pouco, evitar conversas sobre o suposto namoro das duas e agir como de costume. Para evitar confusões maiores, as duas tinham até elaborado uma história para explicar o relacionamento: diriam praticamente toda a verdade, que se conheceram por causa dos irmãos, que tinham tentado juntá-las, mas mentiriam que tinha sido no aniversário da Jasmine, um mês e meio antes. Assim não precisavam inventar demais.

Na noite de quinta, enquanto conversava com Marisa, como tinham conversado todas as noites desde segunda, antes de dizer boa noite com uma figurinha boba, como também tinha desenvolvido o hábito de fazer, Marisa disse:

Estou animada para amanhã!

Amanda sentiu a apreensão que acumulava se esvair do corpo de uma vez só. Se permitiu até ser sincera na resposta:

Eu também!

Daria tudo certo, ela sabia.

* * *

Apesar de ser uma semana nublada qualquer do começo de agosto, o clima daquela sexta lembrava o último dia de aula. Amanda mal conseguia se concentrar, só contava as horas e pensava que logo, logo estaria na casa da serra com os amigos; que logo, logo veria Marisa de novo. Não fazia nem uma semana que elas se conheciam, mas andavam se falando tanto que sentia que já eram parte fundamental da vida uma da outra.

Quando chegou na rodoviária, andando com os amigos na direção do guichê das passagens, Amanda mandou uma mensagem para Marisa, avisando que já estavam ali. Ficou olhando para o celular, esperando que ela confirmasse ter recebido ou desse notícias. Dividida entre o medo de ser muito chata e insistente e de Marisa perder o horário do ônibus, Amanda acabou tirando uma selfie que mostrava onde estava, para mandar com a mensagem "aqui!". Estava olhando para a selfie, tentando se decidir se a testa um pouco brilhante de suor chamava muita atenção e se dava para notar a espinha no queixo que a irritava desde que acordara, quando levou um susto ao ser tomada em um abraço apertado.

— Oi! — disse Marisa, a voz cheia de animação.

Amanda mal teve tempo de entender o que estava acontecendo antes de Marisa soltá-la do abraço e dar um selinho rápido em sua boca antes de se afastar. Foi necessário se controlar para não pular para trás, gritar de susto, pedir licença e sair correndo para se esconder. Repetiu para si mesma que elas eram namoradas aos olhos de todos os amigos, então era natural que se abraçassem e se beijassem. Marisa só estava agindo de acordo com o combinado.

— Oi! — cumprimentou Amanda, sentindo a voz falhar e soltando uma risada para disfarçar. — Levei um susto!

Passou a língua pelos lábios automaticamente e sentiu gosto de manteiga de cacau da boca macia de Marisa, que se abria em um sorriso iluminado à sua frente. "Meu primeiro beijo", pensou Amanda por um breve instante, até se dar conta de que isso nem fazia sentido. Seu primeiro beijo tinha sido com o Artur, primo da Vivi, num jogo de verdade ou consequência no aniversário de treze anos da amiga. Desde então, tinha beijado mais uns dois meninos meio desconhecidos em festas até começar a namorar Ruan, a quem também tinha beijado inúmeras vezes. Beijos de língua, beijos com mãos e toques muito mais variados do que beijos. Mesmo assim, aquela pressão suave da boca de Marisa na sua parecia novidade, um toque que nunca sentira.

— Gente, essa é a Marisa! — apresentou, sacudindo a cabeça para voltar à realidade e se controlar.

Precisaria continuar fingindo esse namoro até domingo, não podia se distrair a cada mínimo toque entre elas.

— Prazer! — Gui se aproximou e a cumprimentou com um abraço. — Posso te incluir nos meus *stories*?

Marisa demorou para entender a pergunta, até olhar para o celular que Gui mostrava.

— Pode… — respondeu ela, hesitante.

— É que a Amanda e a galera já estão acostumadas, mas acho mais respeitoso e profissional perguntar para pessoas novas.

— O sonho do Gui é ser influenciador fitness — explicou Amanda.

Visto que Gui era um garoto branco, hétero, malhado e sorridente da Zona Sul, ela achava um sonho bem possível de se realizar.

— Ah, que legal! — disse Marisa, animada. — Desde que eu não tenha que malhar, tranquilo.

Amanda tinha bastante certeza de que Marisa achava a ideia de influenciadores fitness bem ridícula, mas não demonstrou de forma alguma. Gui riu e a assegurou de que ninguém mais precisava malhar, só ele. Os "conteúdos" que postava com os amigos eram, nas palavras dele, "para acrescentar uma camada autêntica de proximidade à marca". Marisa assentiu, atenta, como se entendesse tudo de marcas, autenticidade e do mundo complexo dos influenciadores digitais. Os outros amigos também cumprimentaram Marisa, animados e simpáticos, dizendo estarem felizes em conhecer a namorada nova de Amanda.

Quando entraram no ônibus, em pares de assentos próximos no fundo do veículo, todos sentados meio tortos para poder conversar uns com os outros, Marisa já estava inteiramente assimilada ao grupo e Amanda sentia um misto profundo de alívio e fascínio. Era assim, então, ter uma namorada? Poderia apresentá-la aos amigos e ela os ouviria falar de qualquer besteira que falassem, se enturmaria e faria companhia ao seu lado no banco do ônibus? Era muito mais fácil do que Amanda jamais teria imaginado.

* * *

O trajeto da viagem não era muito longo. Chegaram à rodoviária e, como combinado, JP já tinha deixado os outros na casa e estava lá para buscá-los, papeando com o motorista de táxi que tinham contratado para levar quem não coubesse no carro. Depois de mais uns quinze minutos de curvas fechadas e subidas íngremes em estrada acidentada, os dois carros embalados pelo rádio alto de JP, eles chegaram.

Ruan não estava exagerando ao falar da casa do padrasto de Lilica. O terreno era enorme e elevado, com uma vista lindíssima para um vale verdejante. A casa, grande e de pé-direito alto, tinha janelas compridas por todos os lados, deixando entrar a luz natural. JP, sempre simpático, guiou o grupo para dentro, mostrando os quartos nos quais se dividiriam.

— O resto da galera tá na piscina, então quando quiserem podem ir pra lá — explicou ele, depois de deixar Amanda e Marisa por último na porta do quarto delas. — Fica do lado oposto da casa — acrescentou, apontando a direção com a cabeça.

Amanda e Marisa agradeceram e entraram no quarto para deixar as malas. Imediatamente, Amanda notou que só havia uma cama de casal. Marisa foi logo dar uma olhada no banheiro da suíte, abrindo o chuveiro para testar a pressão da água.

— O chuveiro parece ótimo! — comentou ela, animada, fechando a água. — Quentinho e forte, do jeito que eu gosto.

Ela voltou ao quarto e se sentou na cama. Amanda ainda estava de pé, meio apoiada no armário contra a parede e com a mochila a seus pés. Reparou, então, que estavam sozinhas pela primeira vez desde... pela primeira vez, ponto. O silêncio do terreno remoto, mesmo que pontuado por ruídos distantes de música e risadas, pareceu envolvê-la, deixando o quarto pequeno, quase apertado para elas duas. Abriu a boca para agradecer a Marisa por ter ido até ali com ela, sentindo de uma vez só toda a estranheza daquela situação, tanto de tê-la convidado, quanto de ela ter aceitado. Tinha agradecido por mensagem outras vezes, mas Marisa sempre dizia que era ela que agradecia por ter uma boa desculpa para fugir das visitas chatas. No entanto, parecia diferente agradecer ali, olhando nos olhos de Marisa, deixando claro o quanto aquilo era importante para ela, mesmo que não soubesse exatamente o porquê.

— Vamos pra piscina? — foi o que saiu quando ela tentou falar. — Estou doida para tirar esse uniforme e, além do mais, meus músculos estão todos travados do ônibus, vai ser bom me esticar.

Essa parte, pelo menos, era verdade. Para pontuar o que dizia, rodou a cabeça de um lado para o outro até estalar o pescoço e soltar um suspiro de alívio.

— Ai — disse Marisa. — Isso não dói?

Amanda abriu os olhos, que tinha fechado para se concentrar no alongamento, e viu que Marisa estava com a testa franzida em preocupação. Deu de ombros, endireitando a cabeça.

— Não, eu mal sinto — explicou. — Só estalo muito mesmo. O barulho assusta mais do que qualquer coisa, desculpa pela falta de aviso.

— Por que você tá se desculpando por uma coisa natural que o seu corpo faz? — perguntou Marisa, franzindo a testa ainda mais.

Amanda deu de ombros de novo.

— Desculpa — falou.

Marisa sacudiu a cabeça, como se fosse um caso perdido, e riu.

— Vamos pra piscina, sim. Quer se trocar primeiro? — perguntou ela, indicando o banheiro com a cabeça.

Amanda aceitou, revirou a mochila em busca do biquíni e de uma camiseta comprida para vestir por cima, e foi pro banheiro. Antes de sair, se olhou uma última vez no espelho, passou água na cara, deu uma arrumada nos cachos, com os dedos, e escovou os dentes. Satisfeita, voltou para o quarto, onde encontrou Marisa já com outra roupa: um vestido comprido creme sem mangas, de crochê largo, deixando aparecer por baixo o corpo esguio e o biquíni cortininha estampado de morangos.

— Aproveitei e me vesti aqui mesmo — se explicou Marisa, dobrando a roupa suja para guardá-la em uma bolsinha de pano.

— Vou só fazer xixi, você me espera?

Quando Marisa saiu do banheiro, as duas foram juntas até a piscina, seguindo o sentido que JP indicara e o som da música sertaneja que Ruan certamente escolhera. Logo que os avistou, entendeu por que estavam todos ali. Era uma piscina infinita, cercada nos outros três lados por um deque com espreguiçadeiras, colchões, mesinhas e, numa área coberta, um frigobar e uma copa.

Elas tinham sido as últimas a chegar, todos parecendo igualmente desesperados para tirar o uniforme da escola e lagartear na piscina, mesmo que o céu estivesse meio nublado e o clima definitivamente frio demais para um monte de cariocas.

— Mamááááááá — gritou Ruan quando viu as duas se aproximarem.

Ele se levantou da espreguiçadeira com um pulo, quase derrubando a latinha de cerveja aberta no braço da cadeira, e foi correndo na direção delas. Mesmo molhado da piscina, ele abraçou Amanda com vontade, levantando-a um pouco do chão como sempre gostara de fazer. Amanda riu até ele soltá-la, agora toda molhada também. Para completar, ele sacudiu o cabelo que nem um cachorrinho, respingando água dos cachos pela grama ao redor.

— E você deve ser a Mari! — disse ele, voltando-se para Marisa com aquele sorriso brilhante e enorme que conquistava qualquer um. — Posso te chamar de Mari? A Mamá não me deu uma resposta definitiva, então tô te chamando de Mari, mas se não gostar é só dizer que a gente arranja outro apelido!

Marisa riu, claramente encantada pela simpatia contagiante de Ruan.

— Pode chamar de Mari — respondeu ela. — Prazer!

Ela se inclinou para a frente, levantando um pouco a cabeça para cumprimentá-lo com dois beijinhos, mas, depois do que Amanda notou ser um instante de hesitação, ele a surpreendeu com um abraço apertado. Amanda os observou, nervosa, temendo o constrangimento para o qual se preparara, mas, quando se afastaram do abraço, estavam os dois sorrindo aberta e sinceramente, e ela sentiu um nó de ansiedade desatar no músculo travado do pescoço.

— Mamá, Mari, cerveja? — ofereceu Ruan, passado o momento das apresentações. — Galera, quem quer mais cerveja? — gritou, virando para o resto do grupo e começando a andar na direção do frigobar, seguido por Amanda e Marisa.

— Eu aceito, sim — disse Amanda, apertando o passo para acompanhar o amigo e pegar uma latinha do frigobar. — Quer, Marisa? — ofereceu, estendendo uma latinha para ela.

— Não, obrigada — respondeu Marisa, com um sorriso mais contido do que de costume, sacudindo a cabeça. — Eu não bebo.

Amanda franziu as sobrancelhas. Marisa tinha cara de quem bebia cerveja e vinho chique com os pais, apesar de Amanda não saber dizer exatamente que cara era aquela se alguém lhe perguntasse.

— Ah, tranquilo, desculpa — murmurou, deixando a latinha na pilha que Ruan tinha feito em cima do frigobar para distribuir para o resto dos amigos.

— Qual é a da sua mania de pedir desculpas? — perguntou Marisa. — Você me ofereceu cerveja, eu agradeci, mas não quero. Tá tudo bem, não tem nada pra se desculpar.

Amanda mordeu o lábio, engolindo a vontade de pedir desculpa de novo. Olhou para a própria latinha de cerveja e a deixou de volta no frigobar. Preferia não beber, já que Marisa não bebia. Não era como se precisasse da cerveja para nada.

— Você pode beber, Amanda — disse Marisa, deixando transparecer uma pontada de frustração. — Sério, eu não me incomodo, não é um julgamento, eu só não bebo, mas não vou te impedir de tomar uma cerveja.

Amanda olhou para ela com curiosidade, mas decidiu se manter firme.

— Tudo bem. Prefiro não beber também. Assim te faço companhia e a gente ri desses idiotas todos quando ficarem bêbados — falou, brincando e tentando trazer alguma leveza de volta para a conversa que sentia ter entrado em um caminho tenso, sem saber exatamente o porquê.

Marisa relaxou um pouco as feições e assentiu, deixando o assunto para lá. Então, em um gesto que Amanda não esperava, Marisa estendeu a mão e pegou a dela, entrelaçando os dedos curtos e grossos com unhas roídas de Amanda naqueles dedos compridos cheios de anéis cujas unhas tinham sido pintadas de um tom de laranja diferente desde a festa de André. Com um sorriso, a puxou de leve para se juntarem ao resto do grupo, encontrando um lugar para as duas sentarem na beira da piscina, tirando os chinelos e enfiando os pés na água, como se aquela casa fosse dela, como se aqueles amigos fossem dela, como se fosse ela a trazer Amanda para apresentá-la como namorada.

Amanda achou que deveria sentir ciúme, inveja ou alguma possessividade por Marisa se enturmar com tanta facilidade e ser tão confiante em ocupar aquele espaço. No entanto, mais uma vez se surpreendeu com seus próprios sentimentos: o que percebeu foi só alívio e, de novo, aquela sensação reconfortante de que Marisa estivera sempre em sua vida. Enquanto ouvia os amigos conversarem, notou que as unhas dos pés de Marisa estavam pintadas do mesmo tom de laranja da mão.

* * *

A tarde foi virando noite e o frio chegando aos poucos, apesar de estarem todos aquecidos por gargalhadas e animação.

— Ei, você tá tremendo — comentou Marisa em um murmúrio baixinho, esfregando a mão nas costas de Amanda como se para aquecê-la. — Quer que eu pegue um casaco?

O toque de Marisa causou mais um calafrio em Amanda. Elas já tinham mergulhado na piscina, saído e se secado fazia tempo e estavam sentadas em cadeiras lado a lado ao redor de uma mesinha, conversando com Tamires e Tiago, que tinham começado perguntando detalhes do namoro delas, mas sido rapidamente distraídos por perguntas de Marisa sobre o namoro *deles*. Tamires e Tiago estavam juntos desde o sétimo ano e gostavam tanto de falar do próprio relacionamento perfeito que os amigos tinham instituído uma regra nos últimos anos limitando quantas vezes por dia eles podiam ser melosos, cafonas e insuportáveis. No entanto, a obsessão caía bem naquela hora.

— Não precisa, daqui a pouco eu vou — respondeu Amanda, sem desviar o olhar de Tamires, que estava rindo enquanto contava a história de quando Tiago conhecera a bisavó dela.

Marisa deixou a mão nas costas de Amanda, que a sentiu olhá-la por mais um instante.

— Não, você tá congelando, eu vou lá e já trago um agasalho — insistiu Marisa, se levantando de um pulo. — Já volto!

— Ei, não precisa! Posso ir... — disse Amanda, segurando a mão de Marisa para mantê-la ali.

— Fica aí conversando! — insistiu Marisa de novo, sorrindo. — Eu não demoro.

Para completar, Marisa se aproximou e deu um beijo na cabeça de Amanda, passando a mão nas costas dela uma última vez antes de correr na direção da casa. Amanda sentiu o sangue subir ao rosto por causa do beijo, que a aquecera mais do que um casaco, e quando se virou de volta para Tamires e Tiago, eles tinham parado de falar e a encaravam com sorrisos idênticos e as sobrancelhas levantadas.

— Vocês ficam assustadores quando fazem essas caras iguais, sabiam? — resmungou Amanda.

Sem se abalar, Tamires e Tiago se entreolharam e olharam de novo para Amanda, os dois dando de ombros ao mesmo tempo. Amanda revirou os olhos.

— Vocês são tão fofas! — disse Tamires, se inclinando um pouco mais para a frente.

— A Marisa é muito simpática! — completou Tiago.

— Uh, a gente agora pode sair de casal! — acrescentou Tamires.

— Por favor! — complementou Tiago.

— Quando você estava com o Ruan não tinha muita graça sair de casal com vocês porque era igual a sair com vocês antes — confessou Tamires.

— E a gente sai com a Lilica e o JP, mas... — disse Tiago, olhando ao redor e abaixando a voz.

— Eles às vezes são muito chatos — completou Tamires, em um cochicho exagerado.

— Tadinhos — riu Amanda, sacudindo a cabeça.

Os amigos todos tinham certa implicância com JP porque ele era um pouquinho mais velho e, de fato, gostava de se gabar de já estar na faculdade, ter carro e beber legalmente. Amanda achava ele gente boa, até. Combinava com Lilica, que era fofa, mas sempre tivera a tendência de ser meio metida à besta.

— Mas sério, Amanda — continuou Tamires, ainda falando baixo, porém dessa vez com menos humor. — A gente adorou a Marisa. Né, mô?

— Super — concordou Tiago. — Obrigada por ter confiado na gente pra apresentar ela. Estamos muito felizes por você. Né, mô?

— Super.

— Obrigada — respondeu Amanda, sentindo o estômago se embrulhar de leve.

Era verdade que Marisa era muito legal. Amanda também achava, também estava feliz por ela estar ali, também gostava de ter confiado nos amigos para sair do armário e apresentar uma namorada. O problema era só que ela não era mesmo sua namorada. Talvez, quando trouxesse uma namorada de verdade, os amigos fossem capazes de notar a diferença. Talvez eles achassem esquisito ou incômodo. Talvez só estivessem sendo tranquilos porque sentiam, mesmo sem saber, que ela e Marisa não estavam juntas daquele jeito, o que eles achavam menos ameaçador. Talvez ficassem constrangidos se ela e uma outra menina começassem a se chamar de "mô", falar tudo na primeira pessoa do plural, completar as frases uma da outra e contar todos os detalhes do próprio relacionamento que nem Tamires e Tiago.

— Aqui — disse Marisa, chegando de volta à mesa e entregando uma roupa para Amanda. — Não quis abrir sua mochila sem pedir, então trouxe um casaco meu.

Amanda pegou o casaco, um moletom de zíper e capuz cinza todo felpudo, com alguns fios prateados.

— Obrigada — falou. — Mas podia ter aberto a mochila.

— Ok, da próxima vez eu abro. Por enquanto, achei que só o casaco não ia bastar, por isso trouxe isso… e isso…

Amanda se virou para Marisa e a viu estender os braços para oferecer um par de meias altas e listradas e um cobertor amarelo.

— As meias são minhas — explicou ela —, mas o cobertor tava no sofá. Achei que podia trazer, né?

Tamires e Tiago concordaram com um barulho uníssono.

— Uau, quanta coisa — disse Amanda, pegando as meias primeiro, depois o cobertor. — Trouxe cobertor pra você também?

Marisa se sentou na cadeira, sacudindo a cabeça em negativa. Amanda viu que ela tinha só colocado uma camisa de manga comprida por cima do vestido, sem nem abotoá-la, e um par de meias cor-de-rosa que destoavam de tudo.

— Agora é você quem vai congelar! — disse Amanda, chegando mais perto, até grudar completamente o braço da própria cadeira no da cadeira de Marisa. — Acho que dá pra gente dividir, vem cá.

Com um movimento meio atrapalhado pela mesa e pelos braços das cadeiras, Amanda desdobrou a manta e a espalhou para cobrir os colos das duas. Para ficar mais aquecida, cruzou as pernas em cima da cadeira. Marisa continuou com as pernas só parcialmente cobertas, as canelas e os pés esticados para fora. Quando as duas acabaram de se ajeitar e se voltaram para Tamires e Tiago, o casal as olhava com as cabeças inclinadas para o mesmo lado, sorrindo com benevolência.

— Eles fazem isso sempre? — cochichou Marisa para Amanda, meio de brincadeira.

— Viu, falei que era assustador! — acusou Amanda, apontando para Tamires e Tiago.

Como antes, os dois se entreolharam, deram de ombros e, juntos, caíram na gargalhada.

* * *

O sono tinha começado a chegar para todos por volta das onze, mas quando deu meia-noite o ânimo da festa se renovou: cantaram parabéns para Ruan, que apagou as velas de um bolinho surpresa, e, como ele era inteiramente contra a ideia de festas de aniversário acabarem logo depois do parabéns, resolveu que era hora de voltarem para dentro da casa, tomarem banho para se livrar do cloro da piscina e voltarem para uma segunda rodada de festividades. Apesar da preguiça, que atingiu Amanda com força debaixo do chuveiro — que, de fato, era quente e forte, como Marisa previra —, ela se enfiou numa calça jeans, numa camisa de flanela e, depois de certa hesitação, nas meias e no casaco de Marisa de novo e foi para a sala.

Reanimados por uma macarronada que Frade preparou por volta de uma da manhã, eles continuaram rindo, falando e dançando até a cor do céu começar a mudar e os barulhos da natureza também. Finalmente exaustos, foram todos se dirigindo lentamente aos quartos, jurando que lavariam a louça quando acordassem.

Chegando ao quarto delas, Marisa foi ao banheiro primeiro, para escovar os dentes e pôr o pijama. Saiu vestindo um conjunto simples de calça listrada e camiseta branca, sem nenhuma das joias que usara ao longo do dia, o cabelo solto, a cara limpa de maquiagem ressaltando as bochechas e o nariz um pouco queimados pelo mormaço da tarde. Amanda foi ao banheiro em seguida e, quando voltou ao quarto, vestindo um short de algodão e uma camiseta velha que o padrasto ganhara num congresso e desde então ela usava para dormir, a luz já estava apagada e Marisa estava debaixo das cobertas em um dos lados da cama.

Amanda hesitou. Não é que nunca tivesse dividido uma cama antes — não só já tinha dormido na mesma cama que Ruan inúmeras vezes, antes mesmo de namorarem, como de vez em quando dividia camas com outras amigas em viagens, festas do pijama e noites passadas fora. Com Ruan, antes do namoro, era algo confortável de tanto costume e familiaridade, mas quando o ato de dividir a cama passou a trazer outras expectativas, pressões e regras, tudo se tornou esquisito. Com as outras amigas, dormir junto não era uma de suas coisas preferidas, pois sempre ficava com medo de se mexer demais, roncar, chutar, babar ou se constranger de forma inconsciente.

No entanto, dormir ao lado de Marisa parecia um evento inteiramente novo, assim como o beijo rápido na rodoviária. Pensou por um instante que os amigos deviam achar que elas estavam transando, o que a deixava desconfortável, mesmo que soubesse que a suposição era de sua própria responsabilidade. Lembrou, então, que provavelmente os amigos estavam todos mortos de sono e ocupados demais para refletir sobre o que ela e Marisa faziam no próprio quarto. Mesmo assim, o medo de se constranger de forma inconsciente de madrugada era ainda mais forte do que de costume. E se roncasse muito? E se Marisa acordasse e se assustasse com seu bafo horrível? E se roubasse o cobertor todo e Marisa ficasse com vergonha de roubar de volta? E se aquela noite revelasse uma tendência inesperada para o sonambulismo? E se ela abraçasse...

— Tá tudo bem? — murmurou Marisa, virando-se um pouco na cama para olhar para Amanda. — Você não vai dormir?

— Ah — respondeu Amanda, que ainda estava de pé, olhando para a cama, desde que saíra do banheiro, nem sabia há quanto tempo. — Vou.

Com os movimentos mais rápidos de que foi capaz, puxou o canto da coberta, se enfiou debaixo dela e puxou o travesseiro o máximo que podia para a beira da cama. Assegurando-se de que estava o mais distante possível de Marisa e reduzindo o risco de comportamentos subconscientes indesejados, virou-se de costas para ela, encarando o que era só escuro, mas sabia ser a parede.

— Boa noite — falou Marisa baixinho, finalmente.

Amanda a sentiu se ajeitar na cama, mas não olhou para ver como estava deitada.

— Boa noite — respondeu, ouvindo a própria voz falhar.

Por um ou dois minutos, sentiu-se perdida na espiral de ansiedade pelo medo de ser incapaz de dormir. No entanto, a exaustão a venceu de nocaute e, no meio de um pensamento qualquer sobre histórias que já tinha ouvido a respeito de sonambulismo, caiu em sono profundo.

* * *

O processo mental de Amanda ao acordar se deu mais ou menos da seguinte forma:

1. Onde estou? Que horas são? Qual é meu nome?

2. Ok, ok, casa da Lilica, aniversário do Ruan, cama com a Marisa.

3. CAMA COM A MARISA!

4. ... Marisa não está na cama. Ufa.

5. Marisa não está na cama?

Ela se levantou de um pulo, conferiu o celular e viu que já tinha passado do meio-dia, então foi ao banheiro para se arrumar, fez a cama e abriu a janela antes de sair do quarto. Em casa, teria se arrastado para fora do quarto sem nem se olhar no espelho, deixado a janela fechada e feito a cama só quando a mãe reclamasse que estava tudo uma bagunça, mas não queria causar uma má impressão em Marisa.

Conforme foi se aventurando pela casa, notou que alguns amigos ainda estavam dormindo e outros estavam espalhados pelos sofás em estado de menor ou maior ressaca. Na mesa de jantar, alguns pratos, potes e talheres usados, e num canto estava um amontoado de pão, pote de manteiga, bandeja de queijo e presunto, caixa de cereal, pote de Nescau e caixa de leite. Só encontrou Marisa quando seguiu o cheiro de bolo até a cozinha: ali estavam ela e Frade, lavando a louça e conversando enquanto uma caixinha de som tocava Gilberto Gil baixinho.

— Bom dia — cumprimentou Amanda, da porta, sem querer assustá-los, pois estavam os dois de costas para ela.

— E aí! — disse Frade, se virando para acenar.

Amanda sempre se impressionava com o fato de Frade e Frodo serem mesmo idênticos, com só dois anos de diferença. Era como se desse para ver ali o Frodo do primeiro ano reencarnado: as bochechas rosadas, o cabelo ondulado e cheio com um ou outro fio branco mesmo nessa idade, o sorriso meio torto. Era inevitável, então, que o grupo todo o tratasse um pouco como irmão mais novo. Ela se aproximou para cumprimentá-lo no gesto clássico das irmãs mais velhas: bagunçando ainda mais o cabelo desgrenhado dele. Resmungando e rindo ao mesmo tempo, ele se esquivou e Amanda se viu ao lado de Marisa.

— Bom dia — murmurou Marisa, virando para ela o sorriso cor-de-rosa e os olhos delineados de lápis azul.

Marisa estava com as mãos molhadas e ensaboadas, tentando limpar os batedores visivelmente grudados de massa de bolo. Portanto, supôs Amanda, seria ela quem deveria iniciar o cumprimento, já que Marisa não poderia se aproximar e abraçá-la. Parecia essa a etiqueta adequada do bom-dia entre namoradas, mas ela tinha medo de passar dos limites, de constrangê-la, de se revelar demais se a tocasse — como sentira tantas vezes em interações com garotas, temendo que elas pudessem sentir a verdade pelos seus gestos: ela era diferente.

Com Ruan, ela não pensava nisso. Quer dizer, pensava muito na etiqueta correta do namoro, mas não exatamente em quem cumprimentava quem, ou no jeito correto de dar boa-noite, porque simplesmente agia como de costume ou deixava que Ruan ditasse as regras. O que a preocupava, com ele, era o quão pouco ela se importava com aspectos que diziam ser importantes em namoros: o desinteresse que sentia em beijá-lo ou tocá-lo de formas mais íntimas, o fato de que fingia entender do que as amigas falavam quando comentavam que Ruan era gato, sarado, gostoso ou qualquer que fosse o adjetivo escolhido no dia. O que a preocupava, com Ruan, era a culpa de pensar o tempo todo que gostava mais de ser amiga do que de ser namorada dele, mas achar que o caminho contrário não existia.

Não queria comparar o namoro com Ruan com o namoro com Marisa. "Até porque nem existe um namoro com Marisa!", gritou mentalmente. No entanto, como viver duas experiências comparáveis e não comparar? Como entender o que sentia, se não por esses parâmetros?

Exausta dos pensamentos que passavam por sua mente rápido demais para quem tinha acabado de acordar, respirou fundo, deu mais um passo para se aproximar de Marisa e lhe tascou um beijo na bochecha, quase no canto da boca, a abraçando de lado pela cintura. Sentiu sob os lábios o canto da boca de Marisa se levantar em um sorriso e, sob a mão, a tensão nos músculos de sua cintura. Afastou-se no instante seguinte, notando que Marisa continuava lavando a louça tranquilamente e Frade ainda se dedicava a esfregar o fogão. Nada tinha mudado, nenhuma catástrofe acontecera.

Não houvera consequências. Mesmo sem saber exatamente de que consequência tinha medo, Amanda sentiu uma bolha de alívio subir do fundo do estômago até a garganta, estourando em uma risada boba.

— De que é o bolo? — perguntou, enfim, voltando o assunto para o que de fato importava: seu estômago roncando.

* * *

A partir do segundo em que Ruan finalmente acordou e saiu do quarto, lá pra depois de uma da tarde, deram início às comemorações. Como bom aniversariante, ele escolheu o almoço servido às três da tarde (lasanha), a sobremesa (brigadeiro), a trilha sonora (principalmente sertanejo) e, claro, as atividades do dia. E, como Ruan era previsível, ninguém se surpreendeu quando ele se instalou perto da piscina e tirou um violão de debaixo da mesa.

— Ai, já começou! — gritou Frodo, exagerando na reclamação.

— Peraí, vocês nem se impressionaram com eu tirar um violão *do nada*? — perguntou Ruan, sentado num banquinho com o violão no colo. — Eu vim até aqui esconder o violão quando acordei para ir ao banheiro e tava todo mundo dormindo, passei frio e quase levei um puta tombo porque a grama é muito escorregadia e nem pra vocês dizerem "Uau, Ruan! Que lindo truque! De onde veio este seu belíssimo instrumento?"!

Os amigos fizeram uma pausa, se entreolharam e, decidindo alegrar o aniversariante carente de atenção, soltaram gritos de surpresa, elogios exagerados, bateram palmas e assobiaram. Ruan revirou os olhos, mas não foi capaz de conter uma risada.

— Tá bom, tá bom. Não precisam se surpreender, só precisam cantar. Porque esta não será uma mera rodinha de violão... — disse ele, tocando um acorde e fazendo uma pausa dramática. — Vai ser um verdadeiro karaokê! E eu tenho direito de escolher e vetar músicas! Porque é meu aniversário, claro, não porque meu repertório musical tenha seus limites.

Os resmungos e gargalhadas do grupo os acompanharam conforme se instalavam nas cadeiras e almofadas ao redor de Ruan, que começou a tocar um ritmo animado e repetitivo de quem quer criar suspense e expectativa.

— Quem quer começar?

— Eu! — gritou Lilica, ficando de pé e puxando JP pela mão. — Você sabe "Último romance", não sabe?

— Ah, Lilica, Los Hermanos? — perguntou Ruan, com uma careta. — Veto!

— Mas eu *sei* que você sabe — insistiu Lilica, apertando os olhos.

— Não confirmo nem nego, mas... veto. Escolhe uma coisa menos chata, vai.

— "Que nem maré", então — pediu ela.

— *Jorge Vercillo?* Meu deus do céu, Lilica. — Ruan se indignou. — Assim vou ter que te vetar do karaokê!

— Ai, para de ser chato, vai — insistiu Lilica, fazendo biquinho.

Ruan suspirou.

— Tá — concedeu, com a cara de quem fazia o maior esforço do mundo. — Eu de fato sei "Último romance", mas só vou tocar porque você é minha amiga querida e porque seria muito ingrato xingar tanto seu gosto musical visto que você emprestou esta casa pra gente. Depois de hoje, nunca mais vão me ver tocar Los Hermanos!

Lilica fez uma reverência, agradecendo, e pegou uma garrafa vazia de cerveja para usar de microfone.

— Posso dividir o microfone com você? — perguntou JP, fingindo cochichar, e todo mundo riu.

* * *

Depois de Lilica e JP quebrarem o gelo, Ruan começou a emendar músicas que sabia e os amigos iam se revezando em apresentações cada vez mais ridículas e animadas, dançando e gritando mais do que cantando, usando de latas de cerveja a chinelos no lugar de microfones. Finalmente, Ruan começou uma de suas músicas preferidas, que Amanda conhecia tão bem que foi obrigada a soltar um gemido exagerado de dor ao escutar.

— Aaaaaah, nem finge que não gosta deste hino, Mamá — provocou Ruan. — Agora que se manifestou, vai ter que vir aqui cantar. Eu até levanto e canto com você, vamos lá!

Cumprindo o prometido, Ruan se levantou e apoiou um pé no banquinho para ainda ter sustento para o violão, já que não tinha correia. Amanda, fazendo um enorme teatro de desgosto, mas contendo uma gargalhada, se arrastou até parar ao lado de Ruan. Ele repetiu mais uma vez a introdução, adaptada do acordeão pro violão, e olhou para Amanda antes de começar a cantar "Todo mundo vai sofrer", da Marília Mendonça. A quantidade de repetições de refrão na música era potencialmente infinita, então lá pela quarta Amanda já estava mais solta, rindo enquanto cantava desafinada, meio abraçada a Ruan, e lá pela sétima os amigos todos entraram em coro como se combinados. Acabaram mais ou menos no décimo primeiro "quem eu quero não me quer, quem me quer não vou querer, ninguém vai sofrer sozinho, todo mundo vai sofrer", mas ela já tinha perdido a conta.

— Obrigado! Obrigado! — gritou Ruan, segurando a mão de Amanda e fazendo uma reverência em dupla. — Agora, Mamá, aproveita que está aqui e vamos ouvir a Mari cantar, porque ela até agora esteve tímida, mas vi que se empolgou no clássico refrão poético do sertanejo!

Amanda olhou para Marisa, que estava sorrindo abertamente para o ridículo da cena.

— É meu fraco, fazer o quê? — gritou ela, em resposta.

— Aaaaah, Mari, eu sabia que estava certo em gostar de você! Vem pra cá, quem é seu artista preferido? Toco uma caprichada pra você e pra Mamá fazerem um dueto.

Marisa se levantou da cadeira e andou para perto deles. Ruan soltou a mão de Amanda e voltou a se sentar, e Marisa fez cara de pensativa, olhando para Amanda com concentração, como se viesse dela a resposta.

— Sabe o que eu acho que cairia bem? — disse Marisa, se dirigindo a Ruan, mas sem desviar o olhar de Amanda. — Um clássico mesmo. Chitãozinho e Xororó.

— Ah, claro, os pais de Sandy e Junior — brincou Amanda.

Marisa e Ruan se entreolharam, rindo, como se fossem cúmplices. Amanda precisou conter o sorriso de satisfação que lhe vinha ao vê-los se dar tão bem.

— Perfeito, Mari — concordou Ruan, sem responder à brincadeira de Amanda. — Essa daqui você conhece? A Mamá reclama, mas sabe a letra de tudo.

Ruan começou, então, os acordes iniciais de "Fio de cabelo". Marisa sorriu e fez que sim com a cabeça, antes de abraçar

Amanda de lado, passando o braço pelo seu ombro, dançando balançando de um lado para o outro.

— "Quando a gente ama qualquer coisa serve..." — começou a cantar Marisa, com uma voz tão confiante do fundo do peito que Amanda até se assustou e demorou para entrar no verso.

No entanto, com o encorajamento da mão de Marisa apertando seu ombro de leve, Amanda foi se animando, mesmo com a voz meio desafinada de sempre, já começando a arranhar de tanto que gritara na música anterior. As duas foram cantando assim, seguindo as emoções exageradas e dramáticas tão próprias do gênero, ainda mais encorajadas por Ruan, que de vez em quando soltava um gritinho como se fosse o maior fã numa plateia de estádio. No fim, Amanda se sentia solta, quente e sorridente, como se tivesse bebido umas três cervejas, apesar de estar inteiramente sóbria.

Os amigos aplaudiram com vontade, ficando até de pé, e quando Marisa relaxou o braço para soltar Amanda, Ruan as interrompeu:

— Peraí, peraí, não vão embora assim! — pediu, rindo e dramático como sempre. — Uma música dessas pede uma despedida igualmente romântica! Cadê o beijo?

Amanda sabia que não era maldade, nem exclusivo para elas. Afinal, tinham aplaudido com assobios brincalhões os beijos teatrais de Lilica e JP e de Tami e Tito após as próprias apresentações. Mesmo assim, sentiu o calor do rosto mudar para uma certa vergonha, os músculos se contraindo em vez de relaxar. Os amigos tinham começado o coro de "Beija! Beija! Beija!" e Amanda sabia que, se não beijasse Marisa, eles só iam vaiar e esquecer logo em seguida, que não seria grave, nem incômodo. No entanto, ela queria poder fazer parte daquilo: o beijo de cinema meio constrangido, a chave de ouro para fechar uma incrível performance sertaneja, as brincadeiras de casal que surgiam entre amigos.

Ergueu um pouco o olhar para consultar Marisa, que acabara deixando a mão escorregar do ombro para suas costas, mas não se afastara, e viu que ela a olhava, também corada e sorrindo, com as sobrancelhas erguidas em uma pergunta. Amanda inclinou um pouco a cabeça, no que esperava ser uma mistura eloquente de dúvida e disponibilidade transmitida por meio de um gesto mínimo de meio segundo. De alguma forma, Marisa pareceu entender, porque assentiu de leve e, de uma vez, sua outra mão foi à nuca de Amanda, a mão nas costas a puxando para mais perto. Instintivamente, Amanda enlaçou a cintura de Marisa e, naquela proximidade em que a respiração era uma só, suas bocas se encontraram. Desta vez, foi lento, quente e profundo, diferente do toque macio e rápido da rodoviária. Amanda sentiu os dentes baterem e riu um pouco, mas Marisa riu também e, com um pequeno ajuste de ângulo, o beijo se aprofundou, Marisa a inclinando para trás e a sustentando pelas costas, como uma verdadeira cena romântica de cinema.

Quando Marisa a levantou de volta e elas se afastaram, primeiro os lábios, depois os rostos que pareciam querer continuar juntos e por último os corpos e as mãos, relutantes mas resignadas, os amigos estavam em meio a aplausos, gritos e batucadas nas mesas, como se tivessem acabado de assistir ao gol decisivo na final da Copa. Sem combinar, Amanda e Marisa voltaram ao lugar onde estavam sentadas antes, de mãos dadas.

Logo o próximo interessado se apresentou para o karaokê — Gui, louco para cantar Wesley Safadão — e o foco dos amigos mudou. Elas não soltaram as mãos.

* * *

— Você tem uma conexão com leoninos, né? — perguntou Marisa.

A rodinha de violão-karaokê já tinha se dispersado, dando lugar a pizza, música alta na caixa de som e fogo na lareira da sala, com o resto das luzes apagadas. Amanda e Marisa tinham se instalado juntas em uma poltrona larga para comer: uma fatia de calabresa para Amanda e uma de muçarela para Marisa, que era vegetariana.

— É? — retrucou Amanda. — Não entendo nada de astrologia, desculpa.

— Se você pedir desculpa por mais uma coisa nada a ver, eu juro que vou roubar sua pizza, mesmo que seja de calabresa! — ameaçou Marisa, apertando os olhos para fazer uma expressão exageradamente furiosa.

Amanda riu e sacudiu a cabeça.

— Tá bom, parei. Quero proteger minha comida e também seu vegetarianismo.

— Acho bom — respondeu Marisa, mastigando um pedaço de pizza. — Eu só falei isso dos leoninos porque o André é leonino e o Ruan também, e são duas das pessoas mais próximas da sua vida, né? Você sabe seu signo?

— Sei que é touro, mas tudo que aprendi é que isso significa que sou teimosa, preguiçosa e gosto de comer. E você?

Marisa riu.

— Eu também gosto de comer, mas sou pisciana.

— O que isso significa?

— É difícil te dar uma resposta simples... Os clichês equivalentes ao que você usou pra touro seriam que eu sou desligada, criativa e chorona. Mas não é bem assim que funciona a astrologia. Tem que considerar o resto do mapa astral, os astros, as casas, os aspectos... E todos os signos são meio que arquétipos que trazem uma variedade de significados e interpretações, com lados positivos e lados negativos, não é tão objetivo assim.

Amanda continuou mastigando a pizza, atenta ao que Marisa dizia. Era cética quanto a temas espirituais, mas gostava de ouvir Marisa falar, especialmente porque ela parecia levar o assunto realmente a sério.

— Por exemplo — continuou Marisa, depois de uma pausa —, isso do Ruan e do André serem leoninos. Você não diria que eles são iguais, certo?

Amanda fez que não com a cabeça, pois estava com a boca cheia de mais uma mordida de pizza.

— Mas tem algumas características que dá pra ver que eles compartilham e que têm a ver com eles serem leoninos. Esse ânimo de fazer aniversário e estar no centro das atenções, a vontade de incluir todos os amigos em tudo, a generosidade ao cuidar das pessoas queridas, o sorrisão contagiante…

De fato, tudo que Marisa tinha mencionado descrevia bem o amigo e, mesmo que de outros jeitos, o irmão.

Amanda sorriu observando Ruan, que tinha tirado Vivi para dançar forró. Os dois riam sem parar, mas dançavam muito bem juntos e formavam um par bonito. Eles eram outro exemplo de pessoas diferentes, mas parecidas: Ruan tinha pele negra retinta e cachos cheios, enquanto Vivi tinha a pele branca, claríssima, e o cabelo liso e comprido; no entanto, Vivi também era bem alta, apesar de um pouco mais baixa do que Ruan, e tão sorridente quanto ele.

— Legal — falou Amanda. — Faz sentido.

— Você sabe a que horas nasceu? — perguntou Marisa, logo em seguida.

— De manhã…?

— Se depois puder descobrir o horário mais preciso, me diz, porque com data, horário e cidade de nascimento eu posso fazer seu mapa astral. Quer dizer, se você quiser, né? — acrescentou Marisa.

Amanda deu de ombros. Nunca tinha tido interesse em fazer mapa astral, mas não tinha nada contra em deixar que Marisa fizesse o seu.

— Eu pergunto pra minha mãe quando voltar — concordou.

Marisa sorriu e assentiu com a cabeça, concluindo o assunto. Depois de um instante de silêncio, em que secou a boca com um guardanapo, apoiou o prato vazio de pizza na mesinha de centro e tomou um gole de refrigerante, ela voltou a falar:

— Obrigada por me convidar. Caiu muito bem ter uma desculpa para ficar longe de casa no fim de semana.

Amanda engoliu o último pedaço de pizza e também deixou o prato na mesinha.

— É tão ruim assim? — perguntou. — Estar em casa?

Marisa deu de ombros.

— Não, em geral é tranquilo. Eu me dou bem com os meus pais, me divirto com a Jasmine... Mas é cansativo às vezes, especialmente quando tem outras pessoas lá, sejam parentes ou não. Meus pais sempre me encorajaram a seguir meu coração, não ter vergonha de quem sou, explorar o mundo, pensar por mim mesma, mas a parte implícita da regra é que só posso fazer isso tudo se eu for boazinha, quieta e obediente. Se eu não der trabalho.

Amanda assentiu, querendo encorajá-la a continuar, se quisesse, mas sem interromper.

— Aí quando o tio Armando ou a Clarice aparecem, por exemplo, vão-se embora todos os discursos de "seja você mesma", "viva sua verdade", "se expresse livremente", et cetera e tal. Eles aparecem lá em casa, falam merda o dia inteiro, ficam dando alfinetadas nos meus pais, tudo isso ainda por cima na frente da Jasmine, e eu tenho que me manter em silêncio, abaixar a bola, ignorar até eles irem embora. Não é fácil, não me agrada, não acho *certo*. Então... obrigada.

— De nada — respondeu Amanda. — Mas você não precisa me agradecer. Muito pelo contrário, na verdade, eu que te agradeço. Sei que é coisa de maluca isso de mandar mensagem pra uma menina que mal conheço e chamar para uma viagem em que ela tem que agir como minha namorada. Eu na verdade esperava que você fosse recusar, aí eu teria uma desculpa concreta para dar para o Ruan e passaria o fim de semana jogando videogame com o André.

Amanda riu baixinho, mas sentiu Marisa se afastar dela minimamente, mesmo que o espaço da poltrona não permitisse.

— Não era pra eu ter aceitado? — perguntou Marisa.

— Não, não, não é isso. Eu só achei que você não fosse aceitar, mas... — começou Amanda. — Gostei de você ter topado. Eu nunca tive uma namorada, então está sendo bom ter você aqui como meio que minha primeira. Por mais que a situação seja esquisita, acho que tirou a pressão, sabe?

Marisa fez que sim com a cabeça. Amanda notou que ela continuava um pouco mais afastada na cadeira, mas, quando falou, Marisa estava sorrindo, o tom de voz leve:

— Os anos de aula de teatro deram resultado.

— Você é muito talentosa, nota dez.

— Servimos bem para servir sempre — brincou Marisa.

Amanda riu, sacudiu a cabeça.

— Sempre? — provocou, falando baixinho.

— Seria uma honra — respondeu Marisa, e Amanda sentiu o calor do contato das pernas das duas voltar um pouquinho.

* * *

Dormiram tarde como na noite anterior, exaustas de dançar, cantar e jogar mímica. Desta vez, Amanda se permitiu se instalar com mais conforto na cama, puxar o travesseiro menos para o canto, relaxar o corpo até sentir a fonte do calor humano atrás dela, mesmo sem encostar. Pegou no sono sem nem saber se o "boa-noite" que quisera dar tinha saído de seus lábios ou ficado preso em sonho, e acordou no dia seguinte em um piscar de olhos, perdida como na outra manhã.

Estava quentinha e confortável e, apesar de ter acordado naturalmente, era tentador continuar na cama. Sem abrir os olhos, se espreguiçou um pouquinho e afundou a cara ainda mais no travesseiro, se enroscou no edredom com mais força, soltou um suspiro... e congelou. Não era um travesseiro, nem um edredom. Estava abraçada em Marisa, a cabeça aninhada em seu peito, um braço e uma perna passados por cima de seu corpo. Seu outro pé estava entrelaçado no de Marisa pelo tornozelo e ela sentiu um movimento carinhoso e lento de dedos em seu cabelo.

Não sabia o que fazer. Se desse um pulo e se afastasse correndo, acordaria Marisa. Se continuasse ali, bem... Talvez pudesse fingir estar dormindo e se desvencilhar aos poucos? Ou quem sabe...

— Bom dia — murmurou Marisa, apertando um pouco mais o abraço e resolvendo o problema por ela.

Amanda não teve coragem de levantar o rosto, então manteve seu olhar concentrado no que via dali: um pedaço da barriga de Marisa, pele exposta pela blusa amassada; um pouco do lençol florido e desbotado; parte da parede branca onde havia uma mariposa pequena e solitária; um canto do peitoril de madeira da janela por onde entrava uma nesga de luz.

— Bom dia — respondeu em um sussurro.

— Dormiu bem? — perguntou Marisa, relaxando um pouco os braços como se agora soubesse que não corria o risco de Amanda fugir.

— Que nem uma pedra — respondeu Amanda, com a sinceridade pontuada por um bocejo.

Marisa riu baixinho, o peito se sacudindo, vibrando sob o rosto de Amanda. Ela bocejou também, como reflexo, e se espreguiçou, o corpo se ajustando ao de Amanda como se fossem um só.

— Desculpa por me jogar em você desse jeito — começou Amanda. — Eu não sabia que parecia um polvo dormindo.

— A terceira frase do dia e já é um pedido de desculpas! — implicou Marisa. — Eu por acaso reclamei?

— Desculpa — murmurou Amanda, sem conseguir se conter.

Marisa riu de novo, agora um pouco mais sonora, e Amanda sorriu.

— Além do mais, eu já sabia que você parece um polvo dormindo — continuou Marisa. — Ontem, quando acordei, você também estava assim, mas eu queria muito fazer xixi, então levantei — explicou. — Na verdade, eu agora *também* preciso fazer xixi, mas achei que valia a pena me segurar porque aqui tá muito quentinho e confortável.

Marisa voltou a fazer cafuné e Amanda ousou, então, olhar para cima. Quando o fez, viu que Marisa a encarava, sorrindo. Amanda estava envolta por carinho, calor e aquela sensação gostosa de acordar devagar depois de uma noite bem dormida, então foi natural levantar um pouco mais o rosto, indo ao encontro do de Marisa, que se aproximava também, até suas bocas se encontrarem em um beijo.

Foi diferente do beijo no karaokê, diferente também do beijo na rodoviária, e Amanda começou a se perguntar quantos tipos diferentes de beijo seriam possíveis, e se ela teria oportunidade de descobrir. Desta vez, o toque foi lento, as bocas mais secas por terem acabado de acordar, as línguas preguiçosas e o calor que se espalhava pelo corpo inteiro, pelo contato presente dos pés entrelaçados aos dedos de Marisa no cabelo de Amanda. O beijo se aprofundou, mas não se tornou mais urgente, como se bastasse por si só, como se o tempo todo do mundo se abrisse a partir dali.

Elas se afastaram naturalmente e se entreolharam. Amanda queria se desculpar pelo bafo da manhã, por não saber o que fazer com as mãos, por ter confundido a situação, por erros e falhas que só ela percebia e supunha. Engoliu as desculpas com o calor do beijo de Marisa.

— Você não estava brincando ontem quando falou que as aulas de teatro deram resultado, né? — implicou Amanda, querendo dissipar a tensão.

No entanto, o efeito foi o contrário. Marisa, que até então estava tranquila e confiante como de costume, retesou os músculos, paralisada. Amanda não sabia exatamente o que estava acontecendo, então abriu a boca e...

— Desculpa — falou.

— Para de pedir desculpa — disse Marisa, automaticamente, soando um pouco mais impaciente. — Eu preciso mesmo ir ao banheiro, peraí.

Amanda se soltou de Marisa, um pouco relutante, para que ela se levantasse e seguisse até o banheiro da suíte. Esperou e esperou, mas Marisa estava demorando. Parecia estar tudo bem lá dentro — ela ouviu a água da descarga, da pia e, em seguida, do chuveiro. Aceitou, então, que Marisa demoraria mais para voltar e, resignada, Amanda se levantou também, trocou de roupa, fez a cama. Como voltariam para casa no fim do dia, aproveitou para guardar o pijama na mochila de uma vez.

Quando Marisa saiu, estava de banho tomado e já vestida. Foi imediatamente até a própria mala, onde guardou o pijama e o nécessaire.

— Olha, eu acho que vou voltar mais cedo, tá? — disse ela, sem olhar diretamente para Amanda. — Aquele taxista deve poder me levar até a rodoviária, né? Vou perguntar pra Lilica, não se preocupa — continuou, interrompendo o protesto que Amanda começava a vocalizar. — Só notei que estou mais cansada do que imaginava, quero voltar pra minha cama, acabar esse domingo tranquila. Fico feliz de ter podido te ajudar, espero que eu ir embora agora não atrapalhe demais essa história de namorada de mentirinha... Diz que eu tive uma emergência, que eu passei mal, sei lá, pode inventar a desculpa que for, eu não me incomodo.

Conforme Marisa falava, Amanda ia se aproximando, querendo segurá-la ali, impedi-la, entender o que tinha acontecido. No entanto, não sentia que era seu direito fazer nada disso. Marisa já tinha sido tão generosa de ir até ali, de passar aqueles dias com ela, que Amanda sabia não ser justo exigir nada, nem mesmo explicações. Por isso, quando estava bem perto, se conteve e não a tocou.

— Tudo bem, claro — falou, a voz trêmula. — Tem certeza que não vai se cansar mais voltando sozinha?

Marisa deu de ombros, fechando o zíper da mala.

— Acho que vai valer a pena — respondeu.

— Tá — disse Amanda, se sentindo boba por não ter mais o que falar. — Bom, posso ir esperar o táxi com você...

— Não, pode deixar. Arruma suas coisas, aproveita essas últimas horas com seus amigos. Eu me viro bem.

Marisa deu um passo à frente e abriu a porta do quarto, puxando a mala.

— Me avisa quando chegar em casa — falou Amanda.

— Pode deixar — concordou Marisa.

Com um sorriso um pouco forçado, Marisa a olhou e acenou. Só então Amanda notou que o rosto dela estava um pouco vermelho e inchado, como se tivesse chorado. A porta se fechou antes que ela pudesse fazer qualquer coisa.

* * *

Amanda não teve coragem de sair do quarto. Escutou à distância os movimentos de amigos se divertindo, do carro indo e vindo, de música e conversas. Estava com fome, mas não queria encarar os amigos e explicar o que tinha acontecido. Por isso, voltou para debaixo das cobertas, enfiou os fones de ouvido e achou compilados de Vines e TikToks para assistir no YouTube.

Depois de Amanda passar duas horas nesta situação, com o estômago já roncando, tendo visto tantas piadas encadeadas que o objetivo de esquecer completamente seus arredores e seus problemas tinha sido cumprido, alguém bateu na porta.

— Ei, Mamá? — chamou Ruan.

Amanda não respondeu.

— Eu bati na porta por educação, mas vou entrar de qualquer jeito, tá?

Sem que Amanda respondesse, ele abriu a porta, entrou e fechou de novo.

— O que aconteceu? — perguntou ele, se aproximando.

Amanda pausou o vídeo e tirou os fones de ouvido, mas não conseguiu falar, só sacudir a cabeça.

— Tá, já entendi que foi grave — falou Ruan. — Vamos por partes. Vou abrir a janela primeiro porque senão vou sufocar aqui dentro — disse ele, abrindo o vidro e a persiana, deixando a luz do dia entrar toda, acompanhada de uma brisa fresca. — Agora vou sentar do seu lado e te dar um abraço para você me contar aos pouquinhos o que aconteceu, ok?

Amanda deu de ombros, olhando para baixo, mas sentiu Ruan fazer exatamente o que dissera: seu peso no colchão, seus braços a envolvendo, a puxando para seu peito. No espaço seguro do cuidado do amigo, ela começou a chorar. De repente, se lembrou de como, no meio da conversa em que ela saíra do armário para Ruan e terminara o namoro ao mesmo tempo, ela tinha começado a chorar, e Ruan, mesmo que estivesse chorando também, a tinha abraçado dessa mesma forma. Pensando nisso, chorou mais.

Depois de botar muitas lágrimas para fora, sem que Ruan a pressionasse a dizer nada, a afastasse ou a pedisse para parar, Amanda começou a contar o que tinha acontecido, começando pela festa do André. Contou do mal-entendido, contou da insegurança, contou das mensagens com Marisa, contou do beijo. Durante todo seu vômito de palavras, Ruan a abraçou, esperando até que ela estivesse vazia e mais leve.

Quando ficou óbvio que ela tinha acabado de falar e, pelo menos por aquele momento, de chorar, Ruan se desvencilhou um pouco do abraço e se ajeitou ao lado dela, encostado na cabeceira, segurando sua mão. Ele a olhou e, mesmo com vergonha, ela o olhou de volta.

— Por que você achou que precisava mentir pra mim? — perguntou Ruan.

Ele estava calmo e paciente, mas era perceptível a pontada de mágoa em sua voz.

— É que você parecia tão empolgado por eu ter uma namorada... E depois convidou a gente para vir e eu gostei de ser convidada. Não quis te decepcionar.

Ruan suspirou.

— Mamá, eu fiquei feliz porque quero sempre te ver feliz e porque queria que você parasse de se culpar por ter me dado um belo de um pé na bunda.

Amanda sentiu as lágrimas voltarem aos olhos e sacudiu a cabeça.

— Não, Mamá, tá tudo bem. Sério — insistiu Ruan. — Claro que eu fiquei triste, acho que todo mundo fica meio triste com rejeição, mas eu nunca te culpei. Só queria que você também não se culpasse, porque eu estava sentindo falta de ser seu melhor amigo — continuou ele. — Mas eu não teria me *decepcionado* se você contasse a verdade! Eu teria era ficado feliz de você ter feito uma nova amiga e teria convidado vocês do mesmo jeito. Não seria menos legítimo ou importante porque ela é uma amiga e não uma namorada. Afinal, eu e você somos amigos, não namorados, e isso não muda a importância que você tem pra mim. Né?

— Ai, eu sou tão idiota — resmungou Amanda, depois de uma pausa.

— Olha, às vezes é mesmo — brincou Ruan, rindo —, mas eu também sou. Acontece. Acho que todo mundo é meio idiota.

— Mas eu fui *muito* idiota — insistiu ela. — Com você, com o resto da galera... com a Mari, fazendo piadinha em vez de beijar ela direito que nem eu queria.

Ruan deu de ombros.

— Não faz muita diferença agora — disse ele. — Mas acho que você pode, talvez, conversar com a Mari, em vez de mais uma vez decidir que sabe o que ela está pensando e engolir essa culpa toda. Idiotice mesmo é repetir o erro em vez de aprender com ele — declarou Ruan, com a voz de quem fazia um grande pronunciamento.

Amanda riu, no meio de um soluço de choro.

— De onde vem essa sabedoria toda?

— Da arte, meu bem — falou Ruan, rindo. — Dos sábios do sertanejo.

— Os sábios do sertanejo sabem o que eu devo fazer para me desculpar com a Marisa?

— Ah, Mamá, achei que você nunca fosse perguntar.

Naquele instante, vendo o sorriso animado de Ruan, Amanda quase se arrependeu da pergunta.

* * *

— Eu não acredito que você me convenceu a fazer isso — resmungou Amanda, no banco de trás do carro de JP, para Ruan, sentado a seu lado.

JP dirigia, com Lilica no banco do carona, e Gui tinha vindo junto no lugar que sobrava, do outro lado de Amanda, escolhido por uma rodada emocionante de zerinho ou um. O resto da turma estava voltando para casa de ônibus, como era planejado, mas os presentes ali tinham se disposto a descer a serra e ir com Amanda até a casa de Marisa, convencidos pela persuasão infalível de Ruan, pelo romantismo da coisa toda (no caso de JP e Lilica) e pela oportunidade de conteúdo viral para o Instagram (no caso de Gui). O pretexto que Amanda dera para Marisa, assim que recebera a mensagem dizendo que ela tinha chegado sã e salva em casa, era que tinha ficado com o moletom felpudo sem querer e gostaria de aproveitar que voltaria de carro para devolvê-lo. Pelo menos não era mentira.

— Vai ser ótimo — disse Ruan, com um tapinha no joelho de Amanda. — Maiara e Maraisa nunca me deixaram na mão.

Amanda suspirou exageradamente, mesmo que no fundo estivesse grata por Ruan, pelos outros amigos e até, quem diria, pelo poder poético da música sertaneja. No entanto, o nervosismo parecia mais forte do que qualquer gratidão.

— E se ela rir da minha cara? — perguntou Amanda.

— É parte da graça — disse Ruan.

— E se ela não gostar?

— Ela vai achar fofo — disse Lilica.

— E se eu desafinar?

— Você com certeza vai desafinar — disse Gui.

— E se eu esquecer a letra?

— A gente canta com você — disse JP.

— E se...

— Olha, Mamá, se der errado, você vai entrar no carro de novo e a gente vai te levar pra sua casa, ou pra minha casa, ou pra algum lugar pra encher a cara, o que você preferir — interrompeu Ruan.

— Mas vai dar tudo certo — interveio Lilica. — Não vai, mô?

— Claro! — concordou JP. — Vai ser que nem aquele filme da Mila Kunis.

— *O destino de Júpiter?* — perguntou Amanda, franzindo a testa.

— Meu Deus, você é mesmo um desastre — suspirou Ruan. — O JP obviamente está falando daquele com o Justin Timberlake.

Amanda continuou com cara de quem não entendia nada.

— *Amizade colorida* — explicou Lilica.

— Esse mesmo! — concordou JP. — Putz, eu adoro esse filme.

— Eu também — respondeu Ruan.

— É bem maneiro — concordou Gui.

— Tá, tá, já entendi, só eu que não conheço — falou Amanda. — O que acontece nesse filme?

— Ah, então, a Mila Kunis e o Justin Timberlake são amigos, né, mas aí... — começou JP.

— Mô, vira aqui pra esquerda — interrompeu Lilica, que estava na função de copilota. — O prédio da Marisa é nessa quadra.

Amanda sentiu o estômago se revirar. Pegou o celular e mandou uma mensagem para Marisa, avisando que tinha chegado e perguntando se ela podia descer. Assim que Marisa respondeu um "ok" rápido, Amanda começou a suar de nervoso.

— Vamos lá — encorajou Ruan, quando JP encostou o carro em frente ao prédio.

A rua era pequena, nada movimentada, bem residencial. Pelo menos não teria tanta gente para ver Amanda passar vergonha.

— Tá — disse ela, saindo atrás de Ruan, que abriu a mala, tirou o violão e se encostou no carro, com um joelho dobrado.

JP e Lilica continuaram sentados onde estavam, mas Gui saiu pela outra porta e preparou o celular, animado para filmar tudo.

— Pronta? — perguntou Ruan, baixinho.

Amanda nunca se sentira menos pronta para nada na vida.

— Pronta — respondeu.

Ruan começou a tocar a introdução da música, adaptando do teclado para o violão. Teve que repetir duas, três vezes até Amanda ter coragem de começar a cantar, bem quando ouviu o elevador chegar ao térreo de dentro do prédio.

— "Ah," — começou baixinho, a voz ainda fraca e hesitante — "esse tom de voz eu reconheço, mistura de medo e desejo..."

Quando viu Marisa sair do prédio, vestindo um macacão jeans largo por cima de uma camiseta listrada, de chinelo, sem joias nem maquiagem, e com a cara ainda vermelha e inchada de choro, Amanda quase parou de cantar, mas a insistência de Ruan no violão a encorajou a continuar. Marisa parou logo depois do portão, olhando para Amanda, Ruan, Gui e o carro com uma expressão que foi de choque a confusão a pavor e, finalmente, se estabilizou na cara de quem tentava segurar um ataque de riso. Marisa levou uma mão à boca, abafando a gargalhada, e Amanda, sentindo o rosto queimar, chegou ao fim de "Medo bobo" quando Ruan fez uma última firula no violão e parou de tocar.

Amanda abaixou o rosto, envergonhada, mas ergueu o olhar de novo quando Marisa começou a bater palmas. JP e Lilica batiam palmas de dentro do carro também e logo Amanda notou que mais palmas ecoavam na rua, vindo de janelas. Devia ter sido um show e tanto para os vizinhos.

Respirando fundo, Amanda atravessou a calçada até chegar mais perto de Marisa, no portão.

— Eu acho que a música deu a entender meu sentimento geral — falou Amanda, e Marisa gargalhou —, mas, só para confirmar, o que eu quero dizer é o seguinte: o que eu falei hoje de manhã foi uma brincadeira, porque fiquei nervosa com a situação. Na verdade, eu gostei muito de te beijar, gostei muito de acordar do seu lado, gostei muito da sua companhia esses dias. Foi fácil esquecer que eu estava só fingindo ser sua namorada, porque foi tão... natural. Então eu vim aqui, encorajada pelos meus queridos amigos — continuou, a voz trêmula, apontando para o carro, de onde os amigos todos soltaram gritinhos —, para acabar de vez com a dúvida. Eu gosto muito de você, Marisa. Gosto muito de você como amiga e, também, se você quiser, gostaria muito de tentar ser sua namorada de verdade.

Amanda respirou fundo, fazendo de tudo para não desviar o olhar. Tinha dito o que queria, falado a verdade, se exposto ao ridículo público. Viu Marisa sorrir e sentiu, no fundo do peito, uma pontada de esperança.

— BEIJAAAAAA — veio o grito de uma janela.

— Ou não beija se não quiser! — gritou outra vizinha.

Amanda mordeu o lábio para não rir. Marisa esticou o sorriso e levantou um pouco mais a cabeça para berrar de volta para os vizinhos.

— *Eu quero sim!*

Marisa segurou o rosto de Amanda com as duas mãos e a beijou.

Enlaçando o pescoço de Marisa com os braços, apertando seu corpo todo contra o dela, suspirando no calor daquela boca, Amanda catalogou mentalmente um novo tipo de beijo: o primeiro com uma namorada de verdade.

Impressão e Acabamento:
BARTIRA GRÁFICA